鸟人传

冉正万 著

作家出版社

本文献给我的老师刘再新。

第一章

1

我刚跑到后台，电话响了。没有料到是二叔打来的。他用粗粝而突兀的乡下口音问：“你是曹立不是？”我说是呀。他没听清，又问了一遍。还在电话里喘气，像从很远的地方跑来打这个电话，累得说不出话来。我说二叔你怎么了？他说：“我今天到镇上去了一趟，差点晕倒在街上。曹立，明天你无论如何回来一趟。”我问他：“出什么事了？二叔。”我心想不是他的房子被火烧了就是二娘死了或者跟什么人跑了。二叔说：“电话里说不清楚，你回来就知道了。”“到底什么事你让我有个准备呀。”“不用准备，回来就行。”“房子没失火吧？”“没有，好好的。”“二娘……没生病吧？”“生什么病，她好好的！你不要问，回来吧，回来了我再告诉你。”“二叔，最近我太忙了，我们马上要到凯里去演出……”“曹立，我要是有办法也没打算麻烦你，我是走投无路了才给你打这个电话。这件事不光是为了我，也是为了你，你要是觉得二叔没有白疼你，你就回来吧！”二叔撂下了电话。

二叔没有养过我，但他是我名义上的养父。我三岁的时候，二叔已经三十出头，还没生出儿子。按照我妈的说法，我二娘连个麻雀蛋都没生出来。好像女人除了生孩子，还能生麻雀蛋。三亲六戚几经商量，决定把我过继给二叔当儿子。可二叔“不知好歹”，坚决不答应，还说这是我父母变着法儿想他的财产。其实是他没死心，希望自力更生。到我十二岁时，四十出头的二叔开始面对现实，承认自己不可能有儿子。但这时要我改口叫他爸爸已经不可能，即便我有那么厚的脸皮我父母也不想答应，以前那话伤了他们的自尊，尤其是母亲，有谁提这事她就阴阳怪气地说：“人家万贯家财，我们哪敢去碰啊。”在我放学的路上，二叔出其不意地拦住我，打劫一般，非要塞给我几块钱，叫我去买笔买本子买棒棒冰。我半真半假地推辞，二叔蹲在我面前说：“乖，拿去，不要让你妈知道就行。”二娘则塞给我一些在乡下不用花钱的东西，一个桃子，几颗板栗，或者一把还没晒干的花生。我父母知道后骂我没志气，可他们并没有坚决制止，只要不有意在他们面前炫耀，他们就当什么也不知道。随着时间的推移，我一天天长大了，因为一些鸡毛蒜皮的事情，我父母和二叔二娘仍会互相指责甚至谩骂，唯独对我在两个家庭中的关系，采取一种默许或者认同。我被马戏团选中即将离开老家时，二叔拿出的钱比我父亲多得多，我父亲以一种劣质的感动和真诚叫我改口喊二叔做二爸，二叔大概希望的不是二爸而是爸爸，可他嘴上却说：“喊什么都一样，喊什么都一样。”

成了马戏团的演员以后，二叔对我的关照越来越多。二叔一个孩子也没有，我父母却一口气生了十个，虽然只养活了一半，可这已经够磨人的了。我弟弟结婚，父亲东拼西凑才给了他三千块钱。我买房，二叔一口气就给我三万。而且拿钱出来时的口气截然不同。父亲对弟弟说，老三，不要嫌少，从你生下来算起，到现在为止我付出的已经不少了。钱，这是最后一次给了，结了婚你就成人了，今后不是我给你，而是应该你给我；几兄妹都一样，我给你们分了任务的，不管你们高不高兴，到我老得干不动活的时候，你们不给我，我就自己爬上门来要！弟弟忿忿不平地打电话给我，说父亲简直像个流氓无产者。更让他生气的是，父亲还故意当着他的新婚妻子说这些话，太不给他面子。我和弟弟在不同的马戏团工作，虽然我们很卖力，可收入并不高。顺便说一句，在半边坡，人人都希望自己的孩子瘦小单薄，因为越单薄越容易被马戏团看中，我和弟弟正是这样的幸运儿。我买房没对二叔说，是他知道后自己把钱送来的。他说：“曹立，别人家咋个整你就咋整，不要舍不得钱，钱不够我再想办法。城里面的房子哪能和乡下一样，不搞漂亮点哪行？家里还有几千斤油菜籽，几麻袋干辣椒，还有你二娘养的一窝猪崽，不行我把它们全部挑出去卖掉。”都说金钱不能代替亲情，可我和二叔真的是越来越亲。

我哪能让二叔白疼我，接了二叔的电话，我立即打电话回去问出了什么事。王三笋开了个杂货店，离二叔家仅两分钟的路程。电话是王三笋接的，二叔在他这里打了电话已经走了。王三笋夸张地说，你二叔捡到金娃娃了。王三笋的语气让我非常反感，与二叔家离得近，平时难免有些小摩擦，可你王三笋办商店的钱不是借了我几千还没还吗？我问到底什么事，我二叔那么急？王三笋说，真的，你二叔捡到的那个娃娃，也许比金娃娃还值钱。他是不是想收养一个孩子？不是孩子，我那天进货去了，好多人都看见他在地里捡到一个娃娃。听说贵重得很，你回来就知道了。

半边坡是个盛产奇迹的地方，由于偏远使得世人知之甚少，否则它会被外来者的皮鞋踢踏得尘土飞扬。我是骑马回来的。汽车开到镇上后，要么骑马，要么坐船。进半边坡的水路逆水上行，骑马要快得多。骑到半边坡后把缰绳缠在马鞍上，马自己走回去。牵马的人说我二叔捡了个鸟人，价值连城。我问他鸟人是什么东西，他说他也不知道，但别人都这么说。我暗想，二叔大概被谣言害苦了，要我回来给他辟谣。

走进半边坡，有个在菜园里割青菜的姑娘远远地看着我，我从她的面前经过，走了很远，她还那么看着我。她只转了半个身，而我却足足走了半个小时。姑娘垂至脚弯的镰刀睡着了一般。刚开始我还有些得意，以为是自己的英俊使她忘记了割菜。当我回过头看不见她时却又一下惊慌起来，她那么怜悯地看着我，是不是我家出了无法挽救的大事？我一下疲惫不堪，关节像生了锈的

2023.4.

剪刀，连眼珠也快转不动了。

好在猜测的云团很快被事实的光辉拂去。二叔好好的，二娘也好好的。我的父母也活得好好的，顺便问了一句，其他亲戚也好好的。只要人是好好的，那就没什么可怕的。

二叔见到我并没有像见到救星那样激动，大概是因为有外人在场的缘故，在外人面前他得矜持一点。在场的有炼樟树油的严登才，劁猪匠刘昌明，爆米花的马有德，石匠石有孝，还有泥瓦匠哈卫健。另外两个人，是除了修地球以外什么也不会的关长生和钱贵周。

他们坐在屋子里，不时摇晃一下身体，就像要把一个大萝卜从地里拔起来。乌江对岸村寨的人叫我们“摇晃晃”。他们看见半边坡人，总是以好奇和同情的口气说，唉，一个摇晃晃。据说自古以来，半边坡人就是这种身材，腿短手长，走起路来左右摇晃。因为每个人都一样，所以从没觉得有什么不便，更不会承认这是一种病。在我们看来，这种事如果发生在少数人身上，那就是病，可我们的祖宗八代父老乡亲全都一样，只要不出半边坡，看到的人全都一样，这就不能算是一种病嘛。有一年，来了一个所谓的人口学家，他说半边坡人患上的是地方性遗传侏儒，是一种不治之症。大家一致认为他是在毁坏半边坡人的名声，毫不客气地把他赶走了。

我刚坐下，屋子里一片摇晃，我一看就知道他们有很多话要说。半边坡人是天生的修辞学家，双关语和歧义句运用得非常好，不熟悉他们修辞方法的人根本不知道他们在说什么，像我这种在半边坡长大又在外谋生的人，得格外小心，否则会带来不必要的麻烦。他们并没有预设圈套，可一旦纠缠不休，和落入圈套没什么区别。在这方面严登才最让人讨厌。他炼出的樟树油运到镇上，运到县城，再运到广州，最后运到巴黎，是高级香水的生产原料。但有一次挖樟树根，突然断掉的树根弹起来，打在他胯下，使他下身严重受损。他当时不好意思去找医生，以为时间长了可以自己痊愈，哪知命根一点点腐烂，已经烂到根部了。他的步态很不雅观，走起来不是左右摇晃，而是鸭子一样夸张地摇摆。那时无论他走到哪里，都有一团苍蝇在他身边旋转，使他很像一个养蜂人。因没法穿长裤子，他只能穿在半边坡早就没人穿的长衫，很是独特。严登才有一次问我："曹立，你好久高升呀？"我以为高升是升官，我刚进马戏团，很不愿回答这个问题，就说："什么高升低升。"他发火了，说我骂他。他把"低"和"爹"联系起来，我说"低升"那就是"爹升"，当然就是骂他。他说的高升其实是指结婚，他问我什么时候结婚，是我们半边坡一种很文雅的说法。

我刚进屋，严登才便以不无嫉妒的腔调说："抱金娃娃的人回来了。"

另外几个人的表情好像很憨厚，其实心知肚明，至少他们自己认为非常清楚我为什么回来。他们的谈话似乎和所谓的乌人无关，可实际上没有哪一句不是关乎于此。石有孝说，好多年前，齐占学的奶奶在茅屋后面屙尿，离她仅三尺远的土坎一下垮掉，土坎壁上嵌着一个坛子，里面有半坛白银。齐占学的奶奶忙一手提裤子一手把坛子抱进屋。可当天晚上她就死了，没灾没病，才三十岁，好端端地死在床上。我觉得这家伙像是在诅咒我二叔，一个人如果拥有自己不该有的东西，灾难就会降临到他头上。

严登才漫不经心地补叙石有孝的故事，他说：“齐占学的爷爷在大地主毕恩源家当长工那阵，他不信邪，掀掉茅草屋，用那半坛银子盖了三间瓦房，还买了一片坡地，他是狗吃牛屎图多，五十亩坡地才值一亩水田，哪知二十多年后划成分一律按面积算，他成了半边坡第二大地主，和毕恩源一起被押到河滩上枪毙。顺山丘和青冈坡那些地，以前就是齐占学家的。”马有德说：“难怪分地的时候齐占学别的地都不要，就要顺山丘，是为了纪念他爷爷吧？”几个人都点头认可。二叔半眯着的小眼睛闪着坚毅，点头的样子甚至比别人更加肯定，但我感觉他是在强调自己的命运不会像齐占学爷爷那样悲惨。哈卫健说他采泥的时候挖到过一个罐子，漂亮得很，像一个花瓶，瓶口倒扣在下，他没敢要，原封不动地连同罐子周围的泥土一起搬到另外一个地方埋了起来。严登才说这样做才对哩，里面装的是扫帚星，谁把它打开，谁的房子就要被火烧。这时二娘突然站起来，对我说：“曹立，赶了这么远的路，饿了吧？”

我的确饿了。二娘走进厨房，把锅碗瓢盆碰得叮当响，像是在生谁的气。我知道她这是在下逐客令，想把闲唠嗑的一屋子人赶走。他们立马知道了她的意思，但并不马上就走，得假装什么也不知道，再聊一阵才能告辞，这不仅是给她面子，也是给自己面子，到时候她会钻出来留他们吃饭：“吃了饭走啊，你们。”这与其说是虚伪，还不如说是一种仪式。

这些人刚离开，二叔就拉下脸责备我，说我没良心，没把他当二叔。我正想辩解，却发现他在眨眼睛。有个人影在窗口晃了下，我追出去，有一个人极快地跑到竹林后面去了。我明白二叔大声斥责我，是做给屋子外面的人听的。我刚进屋，听见一块石头砸在板壁上，声音很响，很有力，幸好没有砸在窗子上，否则就要飞进屋。我再次跑出去，一个人影也没看见。二叔见惯不惊地吸着烟。二娘从厨房出来，说强盗老二掷石头已经不是一次，昨天她去关鸡，有块石头打在鸡圈上，差点就把她给砸了。我问："家里的狗呢？"二娘紧张地看了看窗子，说："你是说滚子吧？那天我给它喂饭，弄了点油汤，它吃了才两口，咕咕地叫了几声，倒在地上就死了。鼻孔和嘴里都流血。"

坐在屋子里，老感觉背后空空荡荡。风吹得竹叶飒飒响，干枯的竹椏枝掉在瓦上，像在下雨。有时候窗子上，门上，也有滴答声，搞不清是风把竹椏枝吹到了上面呢，还是有人故意弄出来的。风声鹤唳之中，我能体会到二叔昨天打电话的时候为什么喘那么重的气。

和二叔看着电视，我脑子里一片空白。二娘和半边坡所有的女人一样，特别喜欢唠叨。在她的唠叨声中，这几天她干了些什么，看见了什么，全都一清二楚。二叔听得很专心，没听清楚还要叫二娘重复一遍。她昨天去捞松球，看见一只狐狸从石有孝奶奶的坟后面跑出来，"你说她才死几天哪，坟上的泥巴都还没有干透，她咋就忍不住跑出来了呀。我说，石婆婆，你想家了？她没理我，一转身溜到坟后面，我悄悄走过去，什么也没有看见。我不应该问她，应该悄悄跟在她后面，看她是先去石有孝家呢，还是先去他大伯家。”二叔说，肯定是先去他大伯家，她生前和有孝的大伯娘合得来。正说着，突然一片漆黑，电视机的声音在黑暗里收缩，二叔粗浊的呼吸声则越来越重。二娘拍着巴掌破口大骂：“挨刀砍的，有胆量站到明处来！坏事做绝了不得好死，不会有好下场。”

我拉开门，发现别人家都明晃晃的，就问二叔：“这是怎么回事？”二叔气得说不出话来。二娘说：“这都是第三次了！太歹毒了，一到这时候就剪电线。”“有人剪电线？”我叫二娘把手电给我，我沿着进屋的线路检查过去，在竹林外面的第一根电杆上就发现了，被剪断的电线挂在玉米上。要是抓住这个可恶的家伙，我会打断他的鼻梁！户外电线是裸线，若是让人碰上不就没命了吗？配电房在田坝中间，我叫二叔和我一起去，我拉下电闸，刚刚还在咿里哇啦的黑瓦房一下就哑了，而且瞎了。二叔解气地说：“狗日的些，让你们也尝尝黑地瞎猫的滋味。”二叔守在配电房，我接好电线他再把电闸合上去。重新接好的电线拖在地上，我撑了三根竹竿把它支在空中。二娘一个人在家里害怕，借故帮我扛竹竿跟在我后面。我问她，二叔是不是真的有个价值连城的“乌人”？二娘模棱两可地唔了一声。我说，这个剪电线的家伙肯定是强盗，说不定他们是几个人一伙，一个剪电线，另外几个趁机偷东西。二娘吓得全身发抖，扛着竹竿沿地转了一圈，好像强盗就在她身后。她大声说：“哪有这事哇，都是别人在造谣。要是真的有，哪怕是个金包卵我也要把它拿去丢掉，藏在家里不是个祸害吗？你看连点个电灯都不平安。”她离我不到两米远，可就像怕我听不见似的，她几乎是扯着嗓子喊，这无疑是在向强盗放烟幕弹。

回到屋里，电灯亮得刺眼。通电后打开电视机，里面正在打仗。我本想叫二叔检查一下后门的门闩，有没有被撬过的痕迹。但我忍住了，我怕真有人藏在屋子里。这是一栋砖瓦房，式样和木房子没什么区别，只不过是把应该用木料装嵌的板壁换成了灰砖。一间堂屋，一间厢房，四间卧室。厨房设在厢房，用竹片夹灰打了个隔断，里面安灶，外面安放电视机和吃饭的桌子。最可疑的是四间卧室，它们在堂屋的两边。靠厢房这两间还好一些，另外两间必须经过堂屋才能到达。要去这两间卧室，对生活在这个家里的人来说也是一种探险。靠后屋檐那间是最让人心惊的，屋后是竹林，茂盛的竹子倾伏在瓦檐上，即使在白天，这间卧室也像在晚上一样黑。黑暗给处在黑暗中的人安全感，给处在明处的人则是无边的恐怖。

“我不想别人的东西，别人也不要想我的。”二叔说。他凝视着墙上的一颗钉子。钉子上挂着一根黑线。黑线上爬着一只金龟子。“狗日的，剪我的电线，不要以为我不知道，我知道是谁，我只是不愿说出来。我曹刚丘……”“强盗！”二娘叫了起来，因为过度兴奋，她打断了二叔的话，“国家的人都到哪里去了，半边坡这么多强盗他们不来抓。曹刚丘你到底有没有什么乌人，有你把它拿出来，让那些强盗卖了买好棺材，都穷了一辈子了，还指望老了发大财吗？”那只金龟子突然飞起来，在二娘的脸上绕了一圈，不知道是叫她闭嘴，还是近一点好判断她的话是真是假。二娘挥了一下手，金龟子又回到黑线上。“命中只有三觔米，走遍天下不满升。”二娘笑了一下，既是在嘲笑别人也是在自嘲。

在接下来的时间里，他们挖空心思地说着不着边际的话，似有所指，又像全是空话闲话。我没法像他们那样一唱一和，只好盯着他们的嘴唇，同样一句话，嘴唇的形状不同，意思有可能正好相反。这让我感到精疲力竭，大脑里全是他们的声音，这些声音全是泡泡，这个爆炸那个又挤进来。我以为等到夜深人静时，二叔会把那个贵重的乌人拿出来给我看。眼皮越来越重，为了看乌人，我必须像一位刻苦的举重运动员，一次又一次地把沉重的眼皮举上去。那个时刻到来时，我的耐心已经到达崩溃的边缘。二叔用下巴朝两边各撇了一下，好像是为了屏退左右，我这才发现二娘已经不见了。二叔大声说：“曹立，既然瞌睡来了就去睡吧。反正国家的人就要来了，没什么好担心的了。”

二叔带着我穿过堂屋，叫我住那间最黑的卧室。这间卧室只有自己家的人才能住。刚推开门，一股热气扑面而来，气浪中有股石灰味，还有霉味。我以为这下终于可以看见乌人了。我不能问，如果二叔要给我看，他自会给我看。换句话说，如果我和他配合得不默契，他是不会把乌人拿给我看的。我按部就班地脱衣服上床。二叔“啪”的一下关掉灯：“睡吧，今天累了，明天晚点起来。”我听见他关门，听见他走出去，心想，什么意思，不给我看了吗。

正迷糊着往梦境里走，突然发现床上有人，正在往被子里钻。顿时睡意全无。我很害怕，但同时觉得这人没有恶意，我的第一个念头，闪现出来的是那个割菜的姑娘。这个念头让我事后羞愧难当。钻进被窝的人是二叔。他打着手电，把被子顶了起来，让我趴在被窝中间和他说话。这个时候瞌睡被赶走，我不禁有些恼火。二叔嘴里有股难闻的气味，加上他身上的汗味，再加上被子长期没晒太阳积下来的馊味，综合起来，足以制造一枚毒气弹。我被熏得晕头转向，可二叔不仅不准我敞开被子，还特意把四周扎得紧紧的。

“曹立，你知道我叫你回来干什么吗？”为了让他长话短说，我尽量简洁。“不知道。”我说。“不知道？今天到家后发生的事你都看到了，你怎么会不知道？当然，具体的事你不知道，但形势你已经看出来了，太危险了。见财起意，现在半边坡的每一个人都起盗窃之意了。”我不耐烦地打断他的话：“我知道，要我干什么你说吧。”“你不要急嘛。这不仅是为了我，更主要的是为了你。现在最要紧的事，是你赶紧写一封信，叫国家的人来保护我们。没有国家的人来保护，我怕是要守不住了。这是我要你回来做的第一件事情。”

我快要被闷死，可二叔紧紧握住我的双手，求我忍下去，千万不要掀开被子。从他喉咙里出来的声音不是气流，而是一些生锈的铁片，没有一点弹性，听得人耳根发痒。我想问他，国家的人在哪里？我怎么向国家的人写信？我知道这是对牛弹琴，便决定什么也不说。“昨天我去乡政府，就是想亲自给国家的人打个电话，可所有的人都不告诉我他们的号码，我没有打就回来了。”这时我突然放了一个屁，悠扬婉转，像一盘老磁带结束时的音乐。

我忍不住笑起来，二叔也跟着笑，但为了不笑出声来，他用手电照着我的脸，我相信一旦笑出声，他会一把捂住我的嘴。而他自己似乎并不觉得真的好笑，不过是陪我一起笑。我把头埋在床单上，把肚子都笑痛了。二叔说："等国家的人把我们保护起来，你就可以哈哈大笑了。"这话有些别扭，二叔大概自己也明白，所以他接着说，"凭你，凭我，凭半边坡的任何一个人，这个东西都是保护不住的。你相信吗曹立，把半边坡所有的土地加起来，把森林加起来，把房屋加起来，再把人加起来，都没这个东西值钱。但不管值好多钱，最终都是你的。我嘛，和你二娘只要其中的十分之一就行了。你爸我当了一辈子乌龟，在别人面前抬不起头，从现在起，不，从我得到乌人那天起，就没人再看不起我，没人敢把我当乌龟。"

由于激动，二叔眼泪汪汪的，但声音并不大，语速也不快。"老天爷不让我生儿子，给了我一个比儿子更值钱的宝贝。以前人家说世间上的事情都是公平的，我还不相信，现在我信了。太公平了，真是太公平了。"意识到自己的声调上去了，他吃了一惊，立即降下来，"曹立你不要误会，虽然你不是我亲生的，但我早就把你当成亲生的了，尤其是这些年来，我不说你也知道，我对你怎样你应该心里有数。这些我就不说了，你今儿晚上好好想一想，信怎么写，最好是明天起床就写，把它早点寄出去。我现在除了相信国家，其他谁我都不相信。"

我觉得二叔的话滑稽得不是让人笑，而是让人感到悲哀，什么事他都相信国家，从不说国家的坏话，可也从没有哪个国家的人和他打过照面，或者有哪个国家的人会把他当作自己人。不过也许我是错的，因为我不知道国家的人在哪儿，但二叔觉得自己是清楚的，他坚信国家的人无处不在并且伸张正义。这其实是半边坡人共同的观点。他们经常说，土地是国家的，山林是国家的，道路是国家的，天空是国家的，连我们这些人，也是国家的。当他们争水争路的时候，最无赖也最有力的一句话是："这是国家的，不是你个人的，你有份我也有份。"亏得他们有这样的观念，成为公正平等的依据。却又觉得既然是国家的，谁都可以拿。

二叔深深崇拜的国家却又不知道它在哪儿，所以惶恐不安。他说他不能把乌人给任何一个人，不管他是什么人，哪怕他是个当官的，他只能把它给国家的人，因为只有国家才出得起价。"你怎么知道它值那么多钱，要是值不了那么多钱呢？"我问。我的脖子和大腿出汗了，帐篷似的被窝里空气越来越烫，氧气越来越少，但我稍有打开被子的意图，二叔就会阻拦我。"我说它值多少钱就值多少钱，因为实际上根本无法用钱衡量，我把它交给国家，不是卖给他们，是交给他们，他们发给我一笔奖金就行了。"我说："你让我看看，看见了我才相信。"二叔说："当然可以给你看，不过这太危险了，现在连你二娘都不知道藏在什么地方，我拿回来那天她看到过……"他突然停下来，侧耳倾听，脸上的表情非常生动。我也听了听，可我什么也没听见。

二叔钻出被窝，悄无声息。我急忙掀开被子，黑夜里的空气太新鲜了，呛得我直咳嗽。我的咳嗽声大概让二叔觉得不合时宜，他没立即回来，等我完全平息下来，调匀呼吸，他才像蛇一样钻进来。

他没给我乌人，而是把电筒给我，叫我假装出去撒尿，看看外面有什么东西，必须把这些东西赶跑后才给我看。我不想出去，我说：“我不想撒尿。”其实我很想撒尿而且必须撒尿，可我有点害怕。

二叔说：“你不要怕，他们不敢咬你。”“是野兽？”“你看了就知道了。”我蹑手蹑脚地拉开后门，用手电到处乱晃，没什么呀。走到李树下，我把电筒含在嘴里撒尿，就在痛快淋漓的时候，我仰头看见树杈上有个黑影，像一只大獐子。这一惊非同小可，没撒完的尿也缩了回去。我忙后退两步，用手电晃它的眼睛。在夜里活动的动物怕光。确认它不会向我进攻，我悄悄捡了块石头，我这是用来防身，并不是要向它进攻，可它害怕了，跳下来就跑。这一跑反倒把我吓了一跳，这不是獐子，而是一个两条腿的人。我再仔细一看，玉米地里也有一个，装扮成野猪，我用手电射他，大声说：“是人是鬼？不说话我打石头了！”这家伙哗啦一下分开玉米棵子，跑了。我走到屋后，不管三七二十一，连朝竹林扔了几块石头，立即听见仓皇的脚步声。我围着屋子转了一圈，看见不对劲的影子就扔石头，有好几个像黑乎乎的石灰岩，我一扔石头就活了过来，竞相逃窜。

进屋后，我对二叔说，应该准备一支火枪，没有枪也应该有雷子。二叔没回答。我掀开被子，二叔不见了。我心里怦怦跳，担心二叔出什么事。可我不敢去找他，如果他藏了起来，我去找他反而会把事情弄糟的。我躺下去后，睡意顿消。没过多久，一条大蛇钻了上来，床垫窸窣作响。我没等二叔吩咐，先钻进被窝。“恐怕半边坡的人全都来了，看来他们真是不达目的不罢休。”我说。我揿亮手电，又一次目瞪口呆。钻进被窝的不是二叔而是二娘。我不仅惊讶，同时还羞愧难当不知所措。二娘虽然五十岁了，但因为没生过孩子，所以显得比同龄的女人年轻许多。她穿了件圆领的汗衫，我什么也没看见，但要看的话，什么都可以看见。我正手足无措，二娘却告诉我，她是来和我换床的，二叔在他们的卧室等我。天啦，我想得太多了。二娘说：“不要用手电，悄悄摸过去。”

2

我摸到二叔的卧室，正要上床，二叔却紧紧拽住我的手，把我拉到一个柜子面前。他弯腰把柜子里的棉絮和衣服捡起来，然后把底板揭开。柜子下面是空的。二叔钻了进去，用红布包住电筒。我借助微弱的红光，发现无底柜下面有一架梯子。我跟着钻进去。二叔叫我小心，别摔下去了。他关好柜门，下到底后抽掉了梯子。我第一次知道二叔家里有地道，以前只知道厨房有装红苕种的地窖。地道太低，像管道，只能四肢着地往前爬。爬过三米多长的狭长空间，二叔摘掉手电上的红布，我首先看见的是一个两张板凳宽的台子。台子上躺着一个人，棉絮一半垫在下面一半盖在上面。二叔把手电给我，他打开棉絮，叫我不要躲在他后面，站到前面来。我的心跳到嗓子眼，因为看上去像睡了一个死人。吓得我甚至后悔看什么乌人。二叔掀开棉絮，我看见了所谓的乌人原来是一个何首乌。长一米五左右，如果站起来，比任何一个半边坡人都高。下肢比上身长，在我们这些看惯了腿短身长的人眼里，总觉得怪怪的。全身呈紫褐色，略有些粗糙。似乎有些干瘦，手臂像莲藕一样分成两节，脚趾和手指一样长，都没长指甲，而是一下子变成麻线似的须根。五官端正，双唇微翕，似在沉睡。鼻子挺挺，额头饱满得像一个大馒头。眼窝深陷，即便醒过来，也无法看见其深邃的眼底。脸颊上有几道很深的皱纹，皱纹里还夹陷着黄土。

二叔叫我仔细看头顶和下巴。手电用的时间太长了，光线越来越弱，但我还是看清楚了，头上和下巴有很浅的霜样的东西。二叔感叹道："头发和胡子都老白了。"是啊，身体像少年，头部却像一个安详的老人。二叔叫我摸一摸看有什么感觉。我把手伸出去又缩了回来。二叔笑了笑，像抚摸女人一样抚摸着乌人的大腿。两腿之间，是三根指头那么粗的根，长及小腿，粗细不匀，疙疙瘩瘩，越往下越细。颜色也不像人那玩意，黄中透白。应该算男性吧？我想。我把手放在它的手臂上，没什么特别的感觉，像摸红薯一样，有点硬，也有点冰凉。我心里没有一刻平静，因为我总觉得这是个人，是个拍一拍就会醒来的人。他醒来我不会害怕，死人似的躺着，反而叫人害怕。二叔把手电拿过去，指着它另一侧的腹部，有一条两寸多宽的伤口，二叔说："第一锄挖到这里，我以为是条树根。"我腹部有些发痒，好像我也有一条伤口。我马上想到，应该给它上药，应该用纱布包扎起来。"前几天流白水，现在不流了，已经干疤了。”二叔抠了一小片结壳的白浆放在嘴里慢慢咀嚼，“又苦又涩。”他说。但他把它咽了下去，喉咙里发出的响声像一扇门打开又关上。二叔叫我也抠一片来吃，治病的。实际上二叔相信吃了可以长生不老。我拒绝了，它太像人了，想到吃人，我浑身起鸡皮疙瘩。二叔说：“长成这样，没有一万年也有八千年。”“啊。”我说。我的喉咙发干，声音出不来，一用劲，蹦出来一个“啊”字，震得土壁沙沙响。

手电光弱得像萤火虫，二叔把它关掉了。我从没在这么黑的地方待过，这种黑不仅质地致密，而且还有重量，把手举在眼前晃一下，眼睛里没有任何反应，以致你不得不怀疑是否真的做过这个动作。虽然能听见二叔的呼吸声，但我不敢往前迈一步，仿佛脚下是万丈深渊。我对二叔说：“我们出去吧，在这里面怪吓人的。”二叔说等电池歇一会，歇一会亮一些。

“如果国家不给我们钱，给我们别的东西也行。比如说，给我一个村长，给你一个县长市长。别看我没什么文化，当个村长还是可以的。”我看不见二叔的表情，但我感觉得出，他多少有点难为情。“我要是当了村长，我绝不会像哈卫国那么自私，什么东西都往自己怀里刨。这个狗日的，当了十多年村长，没有哪一件事不让人日操。那年修渠，离他家本来很远，可他绕来绕去，想方设法就要修到他家门口。绕到他门口干什么，你说？不过是为他婆娘在渠里洗衣服方便。”我怕二叔说起来没完没了，忙打断他，我告诉他：“村长是选出来的，不是任命的。”二叔不以为然地说：“切，国家的人打一声招呼，哪个敢不选我？”“那你怎么要个村长，要个乡长不更好？”“不是我不想，是我认识的字太少，当村长不用认好多字，当个乡长，认识的字少了肯定不行，至少要会念报纸和文件嘛。”我明知这非常可笑，可同时也忍不住想，我当上市长后，会是个什么样子？我首先想到的是和许许多多的人握手，到处做报告，同志们、朋友们……这应该不难。作为市长，这当然是远远不够的，但我相信，我完全能够胜任。我在台上不但演过猴子，还演过尽人皆知的大人物，他们的动作和声音我学得惟妙惟肖。

二叔突然问：“信怎么写你想好了吗？”“还……还没完全想好。”“宜早不宜迟，不能再拖了。好多字我不会写，要不然我早就提笔了。关于奖励的事情，你觉得在信里提好呢，还是不提为好？我的头都想痛了还没想好。等他们来了再提，他们会不会觉得突然。可如果在信里提出来，他们会不会觉得我们太‘猴’了。太‘猴’了不行，预先不讲好也不行。你说呢？”“是啊，这不大好办。”二叔头痛的是写信的内容，而我头痛的是把信寄给谁，给卫生部？还是给公安部？如果给公安部，应该给哪一个厅？哪一个处，具体哪一个部门？我突然觉得自己非常糟糕，我生活在这个国家里，毫无疑问是这个国家的一员，可我真不知道，这样的事应该由谁管。平时没去想这事，可此时一想，觉得真是奇怪，它们在我的大脑里有点陌生，也有点糊涂，一切似是而非。说起来，那么多机关，那么多工作人员，不会找不到管这种事的人，可怎么找，到哪里去找？不把这个具体的问题搞清楚，信写了也没用，即便寄出去也不会有人打开，如果拆信的人不是相关的部门和人员，说不定还会把这封信当成笑话，甚至把写信的人当成疯子。就我所见到的来说，这个何首乌的确与众不同，一旦公诸于世，说不定会轰动全世界。这么贵重的东西，没有有关部门的保护还真是不行，同时还需要有关专家的配合，设计出最好的保护方案。刚才我摸了一下，棉絮是湿潮的。从呼吸的空气就知道，地下室的水汽很重，长期放在那里，肯定会坏掉。

二叔说："最好现在就开始写信，明天一早就寄出去。""他们的邮政编码，地址，这些我都不知道，怎么寄呀？""你不是经常见到他们吗，他们不是经常去看你演出吗？你怎么会不知道！难道你们平时连招呼都不打一个？""二叔，一个国家那么多工作人员，总不可能每个人都寄一封呀，每个人都寄，我写一百年也完不成。"二叔不吭声了，我以为他终于明白了，终于被我说的话难住了。哪知他默了一会，提出一个让我始料不及的问题："国家主席的名字你总知道吧？你就写给他，不要管它什么号码不号码，地址不知道也不要紧，那些送信的人肯定知道，他们一看他的名字，敢不把信送给他？！除非他们不怕丢官帽。"我忍不住说："我不光知道国家主席的名字，还知道国家总理的名字，还有我们省的省委书记、省长、副省长，市长、副市长、县长、乡长的名字。""这不就行了，你刚才还说你不知道！乡长就算了，其他的每人寄一封。"二叔喜从天降似的，"我就是要你写信给他们嘛，我说的国家就是指他们嘛。"

二叔揿亮手电，我突然看见他背后有个人晃了一下，但立即便明白那是二叔的影子。二叔掀开棉絮，我们又看了乌人一眼，

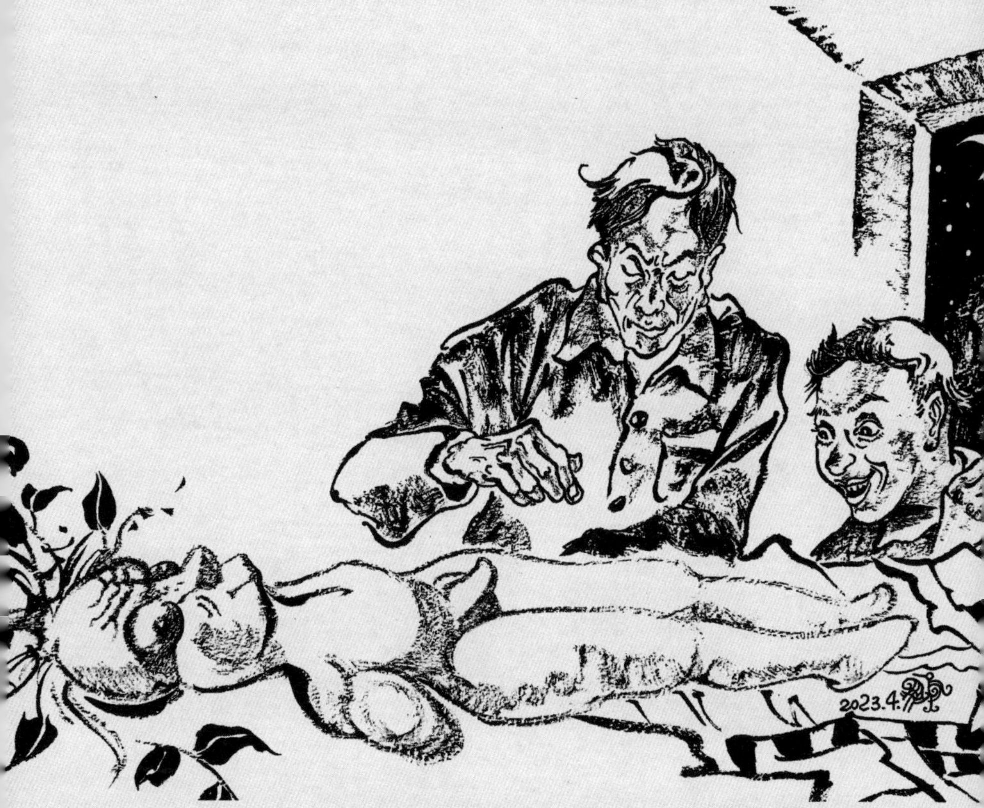

跟遗体告别似的。其实乌人不像死人，像正在睡觉的人。

回到屋子里，我问二叔：“要是他们不相信怎么办？”“谁，他们是谁们？”“那些收到信的人。”“怎么会不相信，这不是明摆着的吗，你也看见了，这个乌人可是世界上独一无二的，难道还有假！”“我不是说乌人，乌人我看见了，的确是真的。我是说我，他们不相信我写的信怎么办？这毕竟太离奇了，没有亲眼看见是很难相信的。”“这就全看你了，全看你的本事有多大。”二叔的口气不无嘲弄，“曹立，从开始叫你写信你就推三推四的，我不知道你什么意思。难道这光是为了我好？光是为我好我都不想求你。可这都是为了你呀。”二叔哽咽起来，这让我惊讶也让我生气，刚刚还好好的，怎么突然脆弱起来了？

二叔掀开窗帘一角，一道晨光滚进来，他忙把窗帘放下，很后悔的样子。他说：“已经天亮了，一晚上没睡好，你睡吧，写不写随你，我不逼你。”“二叔，你把纸和笔拿来，我现在就开始写！”不知为什么，我觉得我的眼泪就要出来。

我的确感到委屈，我只请了三天假，把二叔要的信写好就回去，寄出去是否有用，我管不了那么多，二叔即使发现这条路走不通，他也不会怪我的，只要他不怪我，我就没什么事了。但这样做对有恩于我的二叔是不负责任的，用别人的愚昧无知减少自己的麻烦，日后良心上会不安的。二叔听出我的语气里的不满，他勉强地说：“现在不用，你先睡觉，你太瞌睡了，睡一觉起来再说。”

我的大脑就要乱了，但如果不说清楚，误会将越来越大，我必须镇定，必须把事情彻底说清楚，否则今后二叔会说我骗他。我说："二叔，我的确瞌睡得要命，可我能坚持把信写完，写一封信要不了多长时间，可……""我不能让你现在就写，你还没想好，没想好写出来是涩的。""不要紧，我可以一边写一边想。我得认真打一遍草稿，然后念给你听，合你的心意了再誊抄。但我担心的不是这些，二叔，我不得不告诉你，我觉得这样的信写出去没用。真的，不管写得好不好都没用。你不要打岔，听我把话说完。我不是不能写这封信，也不是故意推托，而是据我所知，写了没用。这些信到不了那些人手头，一方面他们没有时间和精力读那么多群众来信，所以必须由秘书科的人先读，觉得重要的再呈递上去。秘书科的那些人，拣领导喜欢的送上去，在他们那里，领导感兴趣的是人事、经济、能源等等大问题，像我们这样的群众来信他们是不会重视的。"说到这里我有些发慌。我并不清楚他们如何工作，我不认识他们中的任何一个人，也没在报刊上读到过相关的工作介绍，我只不过是猜测，这样的猜测十有八九是错误的甚至可笑的，用胡乱猜想的结果去说服二叔这样的人，这同样是欺骗，是更大的欺骗。我不说了，什么也不说了。

天已大亮，虽然没拉开窗帘，但已能看见屋子里的一切，白色的东西散发着微弱的亮光，似在苦心巴力地支撑着什么。竹林里有好几群不同的鸟，一旦某一方的声音占上风，另一方的声音就会弱下去，承认失败似的，但不一会，它们就会东山再起，以更泼辣、更激愤的叫声争回制空权。

各自觅食，有什么好吵的？我刚杞人忧天般地冒出这个念头，立即又责备自己，你怎么知道它们是为了觅食而不是为了别的。人与人之间的一点点隔膜都无法消除，人与鸟之间，鸟与鸟之间，恐怕更是隔膜到永远了吧。

我和二叔认真听了会鸟叫，在一种微妙的僵局中，二叔摆出那种战无不胜的无奈和愁烦的表情。这是我最怕看到的表情，一旦让这种表情左右我的心情，我就会在烦躁和自责中犯下不该犯的错误。我赶紧说：

“二叔，什么都不要说了，我现在就写信。”

“曹立，我可没逼你。”

“二叔，你没逼我，是我自愿的，我想好了，除了好好给那些人写信，还真是没有别的办法。”

二叔摇了摇头：“你没明白我的意思。做这件事情，你必须是心甘情愿的，高高兴兴地做，不能有半点勉强。因为勉强不得。这不同于干别的活，你想，你自己都是勉勉强强的，那些读信的人也会勉勉强强的，就像……什么什么一样，我打不起这个比方，反正就是这意思，你应该懂。”

这真叫人哭笑不得，他不应该只要个村长来当，而是应该要个外交官来当啊。不过，你还得承认他的话是对的。我同时还发现，一个人不管说什么话，离他心窝子里想达到的目的总是有一段距离，总是有那么一点愿望无法彻底实现。这是为什么呢？我先是微笑了一下，然后皱着眉头，认真地说：“二叔，我是心甘情愿的，没有半点勉强。我们不能再为这些鸡毛蒜皮的小事争论了，赶快把信写好，这才是最重要的呀。”

“好吧。你刚才说要写得合我的心意，你千万不要这样想，你要写得合那些收信人的心意才是最重要的。我觉得那件事你可以顺便提一提，就是关于奖励的问题，你可以委婉一点，既要让他们懂你的意思，又不要让他们觉得你‘猴’，总之我们不能因小失大，也不能因大失小。”

“好的，你快把纸和笔拿来。”

仿佛是为了庆祝我们达成一致意见，二叔摇了一下脖子，颈椎骨咔咔响。我也不由自主地活动了一下肩膀，这才发现全身酸溜溜的。但毫无疑问，这对我们都是一种解脱。

二叔用一种慈祥而又虚伪的声音说：

“曹立，辛苦你了啊。”

“不辛苦。拉开窗帘没事吧，白天不会有人偷看吧？”

“白天不会。”

二叔拉开窗帘，我看见靠墙的一张小方桌上摆着纸和笔，还有一瓶墨水，都是新的。刚才我背对着它们，没有发现。也许是昨天甚至前天就放那儿了。我有种上当受骗的感觉，但这种感觉并没让我生气，只是觉得有点不舒服。或者说，我只能责怪自己，表面上是为了感恩，是放不下亲情，实际上是自己懦弱无能的结果。

二叔满意地拉上门，说是去叫二娘给我煎两个鸡蛋。

桌子和凳子被晨雾濡湿了，有一种黏糊糊的感觉。身体黏糊糊的，眼皮黏糊糊的，脑子里也黏糊糊的。写什么，怎么写，为什么写，大脑里一塌糊涂。

二娘煎鸡蛋的声音和香味传来，既让我咽口水，也让我对即将到来的逼迫感到烦恼。吃了煎鸡蛋，不把信写好更说不过去。并且不吃是不行的，不吃意味着我不高兴，意味着我有抵触情绪。一份煎鸡蛋都蕴藏着这么多费神的东西，这是我从来没有想到过的。

3

二叔得到乌人是一个偶然。一个秋天的上午，阳光灿烂，野花遍地点染，无风，安静。偶尔做做发财梦的二叔没想到财富会撞上门来。他没有任何预感，扛了把锄头去挖百合。百合花的喇叭早就耷拉成黄狗耳朵的模样，茎秆和叶子也显出一种不耐烦的苍老，而这时深植于地下的百合最肥，蒜瓣样，饱含汁液。二叔吭哧吭哧挖起来，五角钱一斤卖给别人。城里的高级宾馆有一道菜，叫西芹百合。用料也就一个半百合吧，定价几十元。二叔一天能挖三十来个百合，也就两斤半到三斤的样子。但二叔对如此低的收入没什么不满，十来块钱，在半边坡相当于中等收入了。

这天他走到后溪沟，看见严登才和他女人抬着一块樟树根，有小方桌那么大，两口子兴高采烈，抑制不住激动。严登才炼樟树油已经三十年了，半边坡再也找不到大樟树，现在他挖树根来炼，树根也快挖光了。能挖到两百多斤重的树根，当然要高兴。遇到二叔，他说：刚丘，挖百合呀，我挖这个根的时候挖到好几个百合，我都没要。这话有嘲笑二叔的意思。二叔说，在哪里呀，我去捡。严登才说，你去吧，穿过这片枫树林就知道了，不要光顾挖百合，挖到樟树根拿来卖给我，八角钱一钱。

二叔穿过枫树林，看见严登才挖树根留下的大坑，找到严登才丢弃的百合。他多少有点嫉妒，这么大一个树根，相当于自己挖一个多月百合。百合挖不了多久了，一到深秋，霜打凌冻，百合的茎秆枯萎干缩在草丛中，很不好找。正这么想的时候，二叔看见坑壁上露出一根手臂那么粗的树根模样的东西，以为是樟树根。他怀着酸溜溜的心情：别人吃肉骨头，自己来喝汤。吭哧吭哧在那根上挖了一阵，突然一锄挖在一段大根上，二叔兴奋不已，还以为是樟树根。但大根很短，再往下挖变成两股小根，二叔心里嘀咕，怎么像两条大腿呀？当整个人形露出来时，活鲜鲜的，他被震惊了。他事后编织了一套顾全面子的谎话："我吓得话都说不出来，心想天啦，什么人呀，死了这么多年都不烂，一定是有话要对我说吧？我把锄头把当杀威棒拄在手里，叫它有冤情只管报来，我曹刚丘今天为你做主！"其实他当时尿都被吓出来了，心想天啦，我曹刚丘要倒血霉了，严登才挖了那么大个坑都没碰上，偏偏让我碰上了，埋在地下还能生根发芽，不知道吸了多少人的魂，再吸掉自己的魂，说不定它就可以站起来。

这时候的二叔无法摒弃鬼魂索命的想法，种种恐惧的假设在他脑海里翻腾，心想自己活不长了，就要死了。挖到一半的时候他就犹豫过，可心里又非常想看看到底是个什么东西，全部看到后他后悔不迭，觉得自己太傻。忧虑和恐惧使他疲惫不堪，树上掉下一片叶子都会吓出他一身冷汗。他本想抽几口叶子烟冷静下来，可手不听指挥，叶子烟怎么也卷不好，只好抽空烟斗，空烟斗叼在嘴上，吧嗒一声就掉了，捡起来重新含上，没怎么用劲，却把搪瓷的烟嘴咬碎，满嘴鲜血和搪瓷渣子。

在胡思乱想中消磨了一阵，二叔觉得比先前更加疲乏，不过丢掉的魂回来了。他没敢站起来，连滚带爬钻出枫树林，不时回头吼一声“啊呀”，没命地逃跑。回到家，天已经黑尽，一头撞在门上，二娘看见一个血肉模糊的脑袋，沿地跳了三尺高。曹刚丘，你撞鬼了！她把二叔推到院子里，用扫帚在他身上又扫又拍，把拍下的尘土往外扫：东边来的东边去西边来的西边去！二叔乖乖地站着不动，让二娘把她的事做完。他双眼湿润，对二娘几乎产生了爱情：这个女人真是太好了。这天晚上，二叔不时被惊吓得跳起来，二娘搂着他，安慰着他。他们夫妻几十年，还从没互相搂着睡过觉。二娘不禁柔情万种，像搂着一不小心生下来的大孩子。

第二天，在二娘的咋呼和鼓吹下，动员了十几个人跟他们去“打鬼”。她说：“虽然是曹刚丘挖出来的，但你们要不帮忙去打，等它跑到村子里来，指不定就是曹刚丘遭殃啊，你们也有可能遭殃。等到家里遭了殃，再收拾就来不及了。”她甚至用辱没自己的方式来激励别人，“我呃，反正无儿无女，鬼找到头上我也不怕，无非是个死，死倒没什么好怕的。你们这些有儿有女的人要是被鬼找到了，那可不一样呃，儿女不清净，娘老子活得心酸；娘老子不清净，儿女活得寡味。”二叔则说着反话：“算了，你不要劝他们，他们不会相信的，你的话他们什么时候相信过？半边坡的人你又不是不知道，没出事的时候天王老子都不认，出了事见到狗都磕头。”事后，二叔转述当时的情景，却认为自己这样做是要让其他人作个证，何首乌是他挖出来的，和别人没有关系。这成为他日后竭尽全力守护乌人、将乌人据为己有的最大理由。连二娘也肯定他们当时的确是这样想的：“在半边坡，不管是一根干柴还是一块石板，只要有人看到你打个记号，这根干柴和石板就是你的。”如果有人指出他们前后矛盾，他们就会理直气壮地进行反驳：“心里本来就是这样想的嘛，只不过没有说出来，没有说出来并不代表没有那样想。”

他们没带棍棒，也没带砍刀和火枪，他们把鸡冠血涂在脸上和手上。鸡冠血是辟邪的，他们相信它比金钟罩铁布衫还管用。几个哺乳期的女人还把鸡冠血涂在乳房上，如果鬼是婴幼儿变的，它会吸干她们的奶水，让自己的孩子没有奶吃。这天早晨，半边坡好几只公鸡的头上都挨了一剪刀，当它们重新获得自由时，剧烈的疼痛使它们晕头转向，有些肿胀的头偏向一边，奔跑起来像舞蹈演员出场一样。涂上鸡血，他们带上扫帚。扫帚能扫出家里的一切污秽，用它来对付鬼魂，其威力相当于手提式冲锋枪。

严登才本来是不想去的，他正在用斧头将樟树根斫成薄薄的细木片，木片越薄，樟树油才越有可能被蒸馏出来。下身残废后，他的思维也变了，喜欢和人对着干。当他听说那个死人胯下长了三条鞭子样的东西，他认为这是别人编排起来侮辱他的。他女人捉住公鸡正准备挤鸡冠血，他突然妒火中烧，心想女人那么积极，实际上是借“打鬼”之名去看死人胯下那三条鞭子。自己那玩意像烂红薯，那个死鬼却长了三条，这让他无地自容。但他又不好意思说穿，只好指东骂西："行了。"他向女人吼道："搞得鸡飞狗跳的！"

女人没听清，公鸡在哀叫和扑腾。她控制住鸡脚和鸡翅膀，却腾不出手去拿剪刀，她以为严登才是在教她怎么做，大笑着说："背时鬼，快来帮我呀。"

在半边坡，"背时鬼"是最亲昵的称呼，相当于外地人说"亲爱的"。严登才的怒火被浇灭了一半，女人那么快活，他的另一半怒火也快被浇灭了。他咕噜道："硬是相信曹刚丘的鬼话，我在那里挖了那么大一块樟树根，鬼怎么没爬起来找我？"他走过去拿起剪刀，咔嚓一声，把公鸡两座小山样的鸡冠剪掉了。女人"啊"了一声："剪个小口子就行了，哪里用得着把鸡冠剪掉呀？"女人把鸡放地上的时候，眼泪汪汪地问公鸡："痛不哇？乖。"严登才知道自己失手，嘿嘿地干笑两声，把鸡血涂在女人脸上，女人顿时变成另外一个人，显得有那么点可怕，也有点滑稽。他哈哈大笑。女人醒悟过来，也用鸡血糊严登才的脸，公鸡的痛苦立即被她忘到九霄云外。公鸡偏着脑袋，哀叫着往草丛里钻，不知情的母鸡吓得躲远处避让。

扛扫帚的队伍走进枫树林，人一多，就不知道什么叫害怕了。小小的恐惧随着一种古老的集体游戏带来的刺激烟消云散。劁猪匠刘昌明最先发现躺在地里的不是鬼，而是何首乌。他说："天，这是成了精的何首乌啊，千年怪万年精，它已经成精了！"

严登才说："曹刚丘这个狗日的，他挖到宝物了！"

刘昌明扯起一根何首乌藤，这时其他人才发现，何首乌的藤像网一样铺满了山坡。它们长在田间地头时，是紫红色的，像细铁丝一样蜷曲在茅草上。这个山坡上的何首乌藤是黑色的，爬满山坡的藤子像枯死了一样，鳞片状的黑色树皮处于半脱落状态，只有间隔很远的结瘤处发出的新芽才是紫红色的，像标明身份似的蜷曲着细细的触须。

二叔一直躲在后面，听说自己挖到的是何首乌，立即挤到前面，大声说：

“你们不要乱动，动了就不值钱了。”

事后他非常后悔说这句话，别人还没把何首乌和钱联系起来，只觉得这个何首乌非同一般，他这一提醒，涂鸡血的脸刹那间变成五颜六色。嫉妒的人变成黑色，羡慕的人变成黄色，心里发酸的人变成绿色，想据为己有的人变成紫色，不屑一顾的人变成粉红色。他们的心里也像开了锅一样，沸腾着程度不同的自私念头。不过，这些比喻有多么笨拙和蹩脚，他们的心情就有多么难受和复杂。

严登才心里很难受，太难受了，如果他还有一副卵子，他宁愿不要卵子，也不要这种难受。他说：“曹刚丘，昨天不是我先在这里挖樟树根，这个乌人怎么会让你挖到！我昨天多挖一锄，就没你的戏了。”他毫无目的地看了其他人一眼，然后傲慢地看着二叔，“看你今天怎么感谢我，你不感谢我你就太没良心了。”好像是他风格高，把乌人让给了二叔。他女人折了几枝女贞，替他拍打趴在衣服上的苍蝇，他傲慢地站立着，准备大赦天下似的。

二叔心虚地试探性地看着严登才，他暗自吃了一惊，同时还有些恼火，对严登才提出的问题，竟然不知道怎么回答。二叔最大的本事是谨慎地向你表示友好，但要得到他的东西，那可比向公鸡要蛋还难。他求救似的看了爆米花的马有德一眼。

马有德本来是个脾气古怪而又正直的人，此时却说了一段只有蠢人才能说得出口的话："本来大家过得好好的，你要挖就挖你的百合，挖什么何首乌！真是的，你这不是存心让大家睡不着觉吗？你看你，挖到就挖到了嘛，还说遇到了鬼，一看就是何首乌，哪里像鬼，鬼有这么胖这么白的吗？曹刚丘哪，你看上去老实，其实心里鬼名堂多得很，把我们骗到山坡上来，到底想干什么？"

二叔顿时惊惶失措。膨胀的脸把干起壳的鸡血撑出一道道裂纹。好在二娘比他镇静。她刚才一直在用口水洗脸上的鸡血，此时已经洗得差不多了。她说："都是些大男人，净说儿话！平时哪里见过这种活鲜鲜的何首乌哇，再说，昨天曹刚丘回家的时候天都黑了，光线不好，突然挖出个人，哪有不被吓一跳的！鬼没有这么胖这么白，可鬼是什么样难道你们见过？"二娘以一种局面已被扭转、胜利在握的架势瞟了其他人一眼，总结道："我看啦，人也是鬼，鬼也是人。"

严登才冷笑着哼了一声，说："是呀，人也是鬼，鬼也是人，就是不知道哪些人是鬼，哪些鬼是人。"

二叔不好意思在众目睽睽之下把乌人抱回家，他用昨天丢下的锄头像剔牙齿一样仔细地剔掉乌人身边的泥土，以便毫发无损地把它抠起来。等别人都走开，他磨磨蹭蹭直到天黑才把乌人抱起来，还脱下自己的衣服给何首乌穿上，然后像背一个半大的孩子那样把它背回家。沿途要从三户人家门前经过，他小心地避开。他嫌天不够黑。但也很体谅地想，天地太宽，老天爷没法把它弄得更黑。他时而有种慈父般的温情，时而心里却又一阵狂跳，不相信这是真的，不相信自己背着一个价值连城的宝贝。

这是一个冶炼金属的过程：幻想和现实被同时投进高炉，以积聚了几千年来对财富的占有欲作为催化剂，以现实中的种种危险作为检测手段，最后凝结出一块成分复杂坚硬无比的金属。金属的硬度和光泽使二叔越来越聪明，但同时也使他的身心越来越沉重。刚开始只知道这是一个何首乌，他并没意识到它是无价之宝，如果用价钱来衡量，也就二三百块钱的事儿，最多不超过一千。可当他意识到它的金贵之后，它的价值就不能再用钱的数目来计算了。他感觉这是上天的旨意，是上天对他苦煎苦熬地活着的补偿。“苦煎苦熬”，半边坡人就是这样说的，说他们自从变成人以来，就一直在苦煎苦熬，一生下来就“苦哇苦哇”地啼哭，然后苦巴巴地活着。那么，把每一滴苦水收集起来，是完全可以熬出一个乌人。二叔把这个想法夸大，为别人都没得到何首乌，而自己得到找了一个很好的理由，一个平抑他人嫉妒心的理由。可是后来，他把这当成是真的，当成是上天为了兼顾公平颁发给他的：老天爷不让他生儿子，所以给他一个比儿子更值钱的宝贝。

就在他快到家的时候，却和严登才撞了个满怀。严登才天没黑就来了，来看曹刚丘的乌人——严登才将何首乌简称为乌人，一下提高了何首乌的价值。

二娘很不耐烦，她讨厌严登才把苍蝇带进屋，更讨厌那副难看的嘴脸，像热糍粑揉出来的，没有个性，却又让你老是忘不掉。她无论做什么事都比平时快半拍。严登才厚起脸皮等了一阵，悻悻地说，这个曹刚丘，要在山上睡觉啊。刚走出门，却撞上了。

"我以为你不回来了，还是要回来的呀。"

二叔很想往他腐烂的下身踢上一脚。但他站着没动，他不知道严登才什么意思。严登才背对着二叔家房子，屋子里射来的光被他挡住，他把二叔的表情看得清清楚楚，二叔却看不清他的糍粑脸上有什么心思。

"曹刚丘，小心家里不清净呀。"

"我一不偷二不抢，家里怎么会不清净？"

"哈哈，那么多人都没挖到乌人，独有你挖到了，有清净日子你过吗？"

"你什么意思，难道要我把它丢到坑里去？或者干脆送给你？你呀，严登才，我知道你想要，从白天说的话我就听出来了，可你没这命，要不然你挖樟树根的时候就应该挖到，而不是等到我来挖。快回家去往鸡巴上多洒点敌敌畏吧，你身上的苍蝇越来越多了！"

"哼，曹刚丘，你等着瞧好了，我不过是好心好意提醒你，你不听算我没说。"

严登才一抖黑色的长衫，隐入黑暗当中。二叔就在这时冒出向国家求救的念头，第二天才想到向国家求救还得我帮他。

4

二娘把煎鸡蛋放在桌子上。她煎了八个，焦黄的蛋清还在冒又细又密的油珠儿。我哪里吃得下这么多呀。我说：“二娘，拿个碗来分一半去吧。”二娘笑着说：“我和你二叔不能吃，吃了肚子痛。”这本来是一句玩笑话，可听上去却像是在讽刺我。二娘说：“今年养鸡硬是不顺哩，孵了两窝，一共才得十二个鸡娃。还是专门找来的高山鸡，本来是下蛋的好手，可等到养大，已经被黄鼠狼闹得只剩下三只。还闹蛇呢，藏在竹林里，蛇糟践起鸡窝来比什么都快。我守了两天，打死了一条，有锄把那么长，这才好了一点。你吃呀，这是稚鸡下的蛋，好得很。听见母鸡咯哒咯哒的，我躲在厨房后面。蛇一听见母鸡咯哒咯哒的就会钻出来。我没想到，真是没想到，会是那么长一条蛇，红的，红得发亮。早知道应该叫你二叔来打。它呀，吞下鸡蛋钻进竹林，在竹子上一缠，蛋就破了。想到那么多鸡蛋我就生气，我是用竹竿打的，竹子是它们的祖宗，它们不敢反抗。第一棒打在腰上，它盘了起来，我照准它的头，狠实打，狠实打，直到把头打烂了才放心。”

竹子是蛇的祖宗？我小时候听说过，可二娘不说我已经忘了。“你二叔一早就出去了，我不知道他去干啥子，他呀，自从那个‘人’进门，他就没睡过一天安稳觉。”

我吃了五个煎鸡蛋，实在吃不动了。撕了张信笺纸把嘴擦干净，准备把写好的信誊一遍。二娘绕到我侧面，她刚才在我后面。她不识字，可她却像识字一样看着我写好的信。她问：“写好了？”

“差不多了。”

“……曹立，信上没有提到我吧？我不是叫你提我，我没有这意思。我是说，没有提到就算了，这和我不相关，这是你二叔和你的事情。”

二娘说完，端着剩下的三个煎鸡蛋出去了。我没料到她也当真了，并且还为自己婉转地说出这样的话而得意。二叔想当个村长，她想要什么，难道是妇女主任？半边坡从来就没有真正的妇女主任，实在需要的时候哈卫国叫他老婆顶替一下就行了。不过，也许她要的不是什么妇女主任，而仅仅是需要在信中提一下她的名字就行。他们总是把最真实的要求隐藏在后面，让你去猜，而且在他们看来，你不用猜也应该知道，他们说得已经够明白的了。他们认为人与人之间就应该这样，在他们看来这是一种道德。不仅说话是这样，连住的房子也是这样，以前有钱人家的大房子都要砌一面叫影壁的墙，不能让你一眼望见他的大门，现在没人砌影壁，栽树或栽竹子把房子围起来。谁家房子四周光秃秃的，他们就说那家人“没有搞干，光扯瞎白”。意思是没搞好，懒，穷飕飕的，让人一眼就看穿。

二娘名叫梁红玉，我平时很少想起她的名字，虽然这是一个非常有名的名字。

我放下笔，再也不想干这活儿。我走到屋子外面，朝王三笋家走。我得出去转转然后回来睡觉。王三笋原本不住在这里，他住在对面半山坡的竹林里，为了开这个店，他把家搬到路边来。他上个月结的婚，是二叔进城的时候告诉我的。新媳妇我没见过。

我走到商店外面，发现他老婆有点像昨天在菜地里目不转睛看着我的那个人，但我几乎同时肯定不是她。不知为什么，她有些慌张，就像我们之间有什么秘密似的。这让我也有些不自在。王三笋从里面出来，手里拿着一个松树瘤，像门神手里的瓜锤。他用小刀把树皮一点点剔干净，大概还想把它打磨光，他从里面出来之前问过他媳妇砂纸在哪儿。她没答应王三笋，因为这时我正好站在她面前。和王三笋一起出来的还有一只猫，翘着尾巴，故意在王三笋的脚上蹭了一下，然后跑了出去。

“噫，什么时候回来的？进屋坐呀。昨天回来的吧？我昨晚上听见那边很热闹，是哪些人在曹刚丘家？”

“是严登才他们。”

王三笋压低嗓门：“买主联系好了吧？你准备什么时候把它拿走？”他自以为聪明地笑了一下，“我知道你是回来拿乌人的。”

我不置可否地支吾了一声。王三笋长了对招风耳，脸却很小，布满了雀斑。说话的时候，耳朵和雀斑都很生动，也很诡谲。耳朵因为全神贯注而耷拉着，明暗不一的雀斑则因为心怀鬼胎而躁动不安。剥干净树皮的松树瘤柔嫩光滑，像剃光了头发的婴儿的脑袋，可惜有一股干松树的臭味。王三笋不时拔掉一两根倒刺似的木筋。我买了盒烟。其实我不抽烟，好像是为了补偿刚才的慌张，也像是昨晚熬夜，需要抽支烟解解乏，没细想。买了烟我没买火机，为什么不买一个也没细想。

王三笋问：“等你把它卖了，恐怕你二叔就要搬家了吧，还有你父母他们。”

“搬家？搬到哪里去？”

“搬到城里去呀，那么多钱，还住在乡下干什么？”

“这我倒没想过。”

我叼着没点火的烟走了，没走多远，王三笋赶了上来，也叼着一支没点火的烟，还倒提着那个树瘤。追上我，他殷勤地给我点上火，然后才给自己点上。

在地里干活的一个人看见我们，问我到哪里去。我说不到哪里去，随便走走。我和王三笋没走多远，这个人扛着锄头尾随而来，刚开始还有点不好意思，同行了一会就自然了，他点上我给他的烟，表情就更自然了。

石有孝在地里打石头，看样子准备打一个猪槽，他没跟任何石匠学过手艺，可他做出来的东西像模像样的，无师自通。“到哪里去啊，你们？”他的嗓门很洪亮。他主要是问我，可王三笋抢着替我回答了：“随便转转。打猪槽啊，你。”“打个小猪槽来喂猪崽。”他低下头叮叮当当地敲起来。可只敲了几下，他丢下正在干的活儿跑来了。老远就赔笑。

“今天我也不忙。”他说。

没走多远，又来了一个人。走到田坝中间，我的队伍已经扩大到一个排。

刚开始我还觉得这些人真是莫名其妙，可队伍扩大后，我觉得挺好玩，有一种小小的虚荣心得到了满足的感觉，我像领导，没人敢走在我前面，我往哪儿走他们就往哪儿走，我走多慢他们就走多慢。

如果他们不跟着我，我本是想去看看父母的。每次回到半边坡，如果先到二叔家然后再回自己家，父母就会不高兴，一点点嫉妒加上一点点失落感。可我没先去二叔家他们又会真诚地好心好意地高高兴兴地责备我，说二叔二娘对我那么好，应该先去看他们才对。这不是两面三刀，这是另一种道德。跟在我后面的人都有这样的道德，可我不愿意他们看见我父母的道德。我喜欢多少显得庄重一点，就像在人群中如果我穿了件落伍的衣服，我会有意无意地掩藏自己的窘态一样。这些都是些很轻很轻的东西，轻得不值一提，轻得连自己都不知道，忘了去细想，可它们几乎可以主宰你的行动。

既然他们跟着我，我得做点什么事，以免他们失望。走到玉米地边，我围着玉米地绕了一圈。小时候在这里干活曾看见一种石蛋，有篮球那么大，椭圆形的，球面上布满了黄豆那么大的圆坑，觉得挺好玩，想把它抱回家去，可当时力气太小了，抱起来勉强走了几步就丢了。它不会是恐龙蛋吧？我想。我没见过恐龙蛋，估计没这么大。绕了大半圈，还真找到了这种石头，它陷进地里去了，只露出五分之一。我摇了摇，纹丝不动。我只顾自己往前走，没料到石有孝用錾子把它撬了起来，并用錾子一钉就破成了两半。我倒回去看了看，有乒乓球那么大一个空心，但空心并不在正中，而是偏向一侧，空心里非常光滑。“什么也没有。里面。”石有孝说。“你把它弄破干什么呀？”我不高兴地问。“想看看里面到底有什么。”石有孝说。他装腔作势地动了动鼻子，鼻子周围的肌肉也动了动，但看上去很别扭。劁猪匠刘昌明说，马有德曾经敲烂过一个，里面有只蜘蛛，还是活的。石有孝问：“不可能，它吃什么呀？”刘昌明说：“不信你问马有德。”马有德正朝我们走来。他走近后，石有孝并没问他，刘昌明也没问。

我到土壁后面撒尿他们也跟着我，后面来的人不知道我刚才撒过尿，他们走到那里后看了又看，好像土壁里面藏着什么宝物，惹得知情的人哈哈大笑。

出乎我的预料，我父亲也来了。从他的表情可以看出来，他没有半点责备我不先去看他的意思，他有一半是想知道我和跟在我后面的人在干什么，剩下的一半才是作为我父亲的表情，甚至一半还不到。我叫他时他笑着点了点头，是那种小心翼翼的笑，就像在考虑自己这样做是否合适。村长哈卫国也来了，他是严登才的姨佬，当我看他时，他的眼睛亮了起来，好像挺在乎我，好像这样一来我就会告诉他什么秘密。但他不像王三笋和石有孝那样紧紧跟在我的屁股后面，而是保持一定的距离，这是他作为一村之长的矜持，同时也利于冷静地观察我。王三笋手提树瘤，石有孝拿着錾子，像两个武士，仿佛只要我一声令下，他们就会去冲锋陷阵。

几乎所有的男人都来了，都跟在我后面。可他们的孩子跑来时，却遭到他们的呵斥，叫他们不要像跟屁虫一样。女人们远远地站着，对我们指指点点。

太阳出来后，不一会就把草上的露水晒干了，踩在上面很柔软，像地毯一样。还有半个月就要收玉米，玉米叶正在死去，灰白色的枯斑在扩大，绿色的叶面在收缩，风一来，它们便呵呵响。

灰白色向绿色逼近的时候有一种沉闷的味道，这既是秋天成熟的味道，也是融入晦冥之中的死亡的味道。当它们完全脱离这种味道的时候，它们就什么也不在乎，哪怕雪打凌冻，它们也不会在乎。蚱蜢从这棵玉米跳到那棵玉米上，动作极快。它们快找不到那种翠绿的玉米叶了，虽然还有不少叶子是绿的，但全是老气横秋的绿。

“他们来干什么，为什么全都跟着我？”我悄悄问王三笋。王三笋说：“不知道。你都不知道我怎么知道。”我感觉他话中有话，看了他一眼，他说：“估计和乌人有关。”这时哈卫国又在看我。

乌人不是在二叔家放得好好的嘛，又不是在山坡上。我想问问这是为什么，但我忍住了，怕无意中透露二叔那个地道的秘密。王三笋一副欲言又止的样子，我加快步伐，紧走了几步。王三笋机灵地跟上来。

“他们跟着我干什么，应该去我二叔挖到乌人的山坡附近找啊，这坝子上光溜溜的，什么也没有嘛。”

“不一定。”王三笋回头看了一眼，石有孝像尾巴一样跟在我后面，其他人有两三米远。王三笋压低嗓门说：“它们成精了，就不会死掉，是活的，可以到处走，说不定哪天它就来到这坝子上。你二叔挖到那个地方，这几天都有人在那里挖，山坡都已经被造翻了。什么也没找到。”

我回头看了一眼，心里不禁发怵。发怵倒不是因为他们人多，而是他们看我时的眼神。那神情仿佛把你的五脏六腑都看透。我被蒙在鼓里，而他们什么都知道，可他们认为我什么都知道。这

2023.4

时我感觉到哈卫国又在瞅我。太阳晒得我头上冒汗，可想到那么多眼睛，我后背不禁一阵发凉。

“你刚才不应该把那个石蛋钉破，我本想把它抱回家去的。”我对石有孝说。他愣住了，像被钉在地上。他大概在想，他刚才钉破的不是一块石头，而是一个无价之宝。

我在草坪上睡了一觉，醒来时已经是下午。我躺下的时候，其他人也躺在一边，我侧过身，有人立即自作聪明地把耳朵贴在草地上，好像我不是在睡觉，而是在听乌人在地底下窃窃私语。当我醒来的时候，他们也醒来。直到我跟着父亲进屋，他们才依依不舍地散去。

只有大人物突然出现在他的崇拜者之中才会出现这种场面：我妈把杯子洗了又洗，从碗柜里拿出一块黑乎乎的红糖，我忙申明我不喜欢糖，我喜欢喝白开水。妈以为我嫌那块红糖脏，笑着说只放一点点，不甜。她用菜刀把红糖的表面切下来，准备把里面的褐黄色的部分切下一块给我。我忙给自己倒了杯开水，把为我准备的红糖水递给父亲。父亲捧着杯子，不知所措地看着我妈。我妈说：“曹立不喝，你就喝嘛。”妈的语气有点难过，就像她做的燕窝鱼翅被我拒绝。

我们都不自在。虽然我是在自己家里，可却像置身于陌生环境。父亲喝糖水时喉结像一个小拳头，拽着那块骨头上下滑动。我妈为了掩饰自己的慌乱，把刚才擦杯子的毛巾折叠好，把碗柜里的碗碟重新摆放了一遍，那块已经切下一半的红糖却没有动，撂在灶台上的砧板上，像是把它忘记了。

我妈问："曹立，你二娘还好吧？"

我说："好啊，好好的。"

"你二娘的娘家是大干沟的，那地方干得很，一年四季缺水，没有一块水田。水井里的水只够用来煮饭，洗衣洗脸都不够，每家挖一个泥塘，把雨水积存起来用。这水可脏了，虫虫啦、草草啦、牛粪啦，什么都有，舀来用的时候放一个筲箕在里面，舀筲箕里的清水出来用。水是臭的，洗过的衣服也是脏的。不光缺水，还缺粮。年岁好，吃苞谷和荞子，苞谷和荞子磨成的面煮出来的饭干得很，哈口气都能吹跑，没吃过的人咽不下去，像咽沙子一样，是割喉咙的。年岁不好，连苞谷糠和荞面都没有多余的。那时候我们还没分家，还和你二娘二叔统在一起，她大哥二哥经常来。我们那时候也缺粮，大集体嘛，庄稼种得马虎，但半边坡地势好，秕壳谷子总要收几箩筐。有一次她大哥来，对我说，弟妹，我不吃你家饭都行，让我喝一口米汤就可以了。我煮了洋芋锅巴饭，让他吃了个饱。其实他们每次来，我都要让他们包一点东西回去，哪怕一碗碎花生米，从没让他们打过空手。"

"都二三十年前的事情了，说这些干什么？"父亲说。

"不说这些曹立不知道呀。曹立只晓得我爱和他二娘拌嘴，为一些鸡毛蒜皮的事没少指东骂西的。可一家人，就像牙齿和舌头，牙齿哪有从不咬到舌头的。"

太明显了，妈你这样做太明显了。我差一点把这话说出来。

"你二叔苦巴巴地活了大半辈子，苦日子终于到头了。"父亲说，"我不是指他那些方面，我是指他另一方面。"

在阴暗的屋子里，他们的脸上除了酸溜溜的猜测，还暗藏着一种愠怒和嫉妒。父亲的头发夹杂着白发，有点脏也有点乱。头发之下隐伏着一种智慧，一种过于活跃、过于自信的智慧。我好不容易才忍住没有说出讥诮的话来。这让我非常痛苦，一方面我知道无论发生什么事，我都应该尊重他们，顺从他们，但除了亲情和血缘关系，我不知道还有哪些地方值得尊重。我本不想喝水，是端杯子的手奴颜婢膝地送到嘴边，使我不知不觉地喝了下去，当我意识到这一点，发现杯子内壁有一层薄薄的水沫正在下滑。

这次回来得急，没给他们带任何礼物，我像做了亏心事一样，掏一点钱做补偿。母亲说什么也不要，她说她现在还过得去，过不去的时候再问我要。母亲说着还抹起眼泪。我让父亲把钱收下。他们是真诚的，他们不想要我的钱，但面对村里的其他东西，比如一根原木，一块石板，甚至一堆马粪（可做肥料），只要看见，就会生出觊觎之心，如果别人得了一笔意外之财，他们就会嫉妒得睡不着觉。

从父母家里出来，我踢着一颗石子，让它始终跑在我前面。一旦它滚进草丛或者跳到路坎下面，我就另找一颗。我心里有些惭愧，刚才在父母家里坐不住，可离开后却又觉得对不起他们。想到他们这辈子活得那么紧巴，想到作为儿子不曾让他们享过什么福，这就不止是惭愧，还很难过。心里越是难过，我越是集中精力去踢石子。

从一片青冈林中间经过时，我的额头上突然挨了一下，“嘣”的一声。我以为是青冈籽。我朝树上望去，不由自主地张着嘴，牙齿上又挨了一下，这时我才看见树上趴着一个孩子。这不是青冈树，而是一棵长了不少寄生藤的板栗树。我很恼火，心想这孩子怎么这么没礼貌。他望着我嘻嘻笑，继而开怀大笑，如果不是紧紧贴着巨大的树枝椏上，说不定他会从树上笑滚下来，因为他笑得全身发抖。“我给你的板栗哩，你怎么不吃呀？”他说。我皱着眉头问，你在干什么？他把手伸给我看，手心里全是板栗。来，接住！他一扬手，一个黑色的影子划了个抛物线。我本不想要，但害怕被板栗再次砸中额头，忙伸手往空中一抓，动作不算敏捷，但被我抓住了。一颗饱满的板栗。板栗球里有独瓣、两瓣、三瓣甚至四瓣的，但只有独瓣的才这么饱满。小时候，敲到独瓣和四瓣的都很高兴，因为这两种比较少见，我们把独瓣叫独儿子，把四瓣的叫四姊妹。我不太想吃，正准备把它装进衣兜，孩子说，你吃呀，我这里还有。我不想吃，除了刚才被砸中额头和牙齿的恼怒还没消失，还有一个原因就是这个孩子让人感觉不舒服，甚至有几分害怕。他几乎全身赤裸，只穿了一条窄窄的短裤。可他的皮肤不像长时间赤裸的孩子那样黑，他的皮肤太白了，白得耀眼，与黑乎乎的长满地衣的板栗树形成强烈的反差，让人觉得他不是一个正常的孩子。

“好吃吗？”他问我。

我好多年没有吃生板栗了，有点甜，但又干又硬，还有股生臭味儿。小时候吃七八颗也没事，现在吃多了不行，胃里毛糙糙的，像缺油一样，虽然肚子里的油比任何时候都多。

“还要吗？”他问。

“不要了。你还不回家吗，天都快黑了。”

“给你尝尝这种！”

我还没来得及反对，他已经把板栗抛了出来。这是一颗小板栗，颜色介于浅黄和浅绿之间，比刚才那颗独子板栗小一半。我用牙齿把壳咬破，然后再用指甲剥开。又嫩又脆，汁水也比刚才那颗多，味道也甜得多，我一边嚼一边露出笑容。

“你站过来一点，站到树底下来。”

我不知不觉地听从他的命令。走到树下，他翻了一个身，侧身躺在树枝上，树枝虽然有水桶那么粗，但毕竟是圆的，我的心提到嗓子眼，生怕他滚下来。他垂下一只手，丢了颗更小的板栗下来，这一颗只有苞谷子那么大。是颗完全没长大的板栗。它在我粗大的指头之间太小了，我剥它的时候连掉了两次，稍不注意就会伤到里面的果肉，果皮很厚，表面很光滑，里面却长了层绒毛，像千金小姐的裘皮大衣。躺在裘皮大衣中间的果肉像一粒半透明的珍珠，有黄豆那么大。小时候，毛毛虫似的板栗花谢掉还不到两个月，我就用长竹竿把板栗球打下来，板栗球砸开后，里面的果果也就这么大。大人看不惯，心疼地说，哪里就吃得了呀，那还是个嫩水水，还没长大呀。的确还是嫩水水，放进嘴里牙还没反应过来，舌头已经把它顶化。我能尝出它从开花到结果所吸收的阳光雨露，也能尝出老树输送给它的木质精华，它们在水样的果肉里氤氲，在里面尝试着团结。不过，这与其说是味道好，还不如说是它让我回到了童年时光。大人告诫过，这种嫩水水吃不得，吃了生虫牙。李子桃子杏子枣子，它们的“嫩水水”我全都吃过。但除了板栗的嫩水水能吃下去，其他都难以下咽，又苦又涩。

“你上来吗？要上来我拉你一把。”

我犹豫不决，因为树不仅粗壮而且光滑。

“你不回家吗，天都快黑了。”其实我想说，你穿这么少不冷吗？我替他感觉到冷。

树上掉了一块白色的东西下来，我以为是树叶，伸手抓在手里，却发现不是树叶。

“这是什么？”我仰起头问。

“是我的肉皮。”

不禁吓了我一跳，还有些恶心。他把手臂伸开，像揭开一张纸一样把手臂上的肉皮撕了下来，足有信笺纸那么大。

“不痛吗？你。”

“不痛。”

他把肉皮挂在树枝上。再去撕大腿上的皮。

“别撕了！”

他没理我。

“你不要撕呀！”

他还是没理我。

这孩子太怪异了，我心里有些害怕。

“我得走了，天都黑了。”

“你走吧，我不和你一路。”

天光已尽，山影在暮霭中沉浮，犹豫不决，像黑夜和曙光之间的一名醉汉。

没走多远，突然发现那块肉皮还在手上，我顿时全身不舒服，忙把它丢到地上。很想找水洗洗手，可这附近没有水。我扯了一把杂草使劲搓，把草搓碎了，手也搓痛了，可还是感觉不舒服，就像有什么东西已经钻进了皮肤。我抓了一把干土，边走边在两手间倒腾，当泥土从指缝间漏光后，我又抓了一把。

刚走出青冈林，突然听见哗啦一声，把我着实吓了一跳，我站在那儿一动不动。如果是野猪，你一动它反而会向你追来。感觉站着目标太高，忙小心地蹲下去，并且做好起跑的准备。哗啦声是从玉米地里传来的，慢慢地，我感觉出来了，是人，不是什么野猪，他们在掰玉米。

这么勤快的人，要么是白文起，要么是王海洲，可我记得这片地是严登才家的。正想站起来，却听见一个女人的声音："行了，可以了。"回答她的男人的声音说："我怕硌你的背。"女人嘻嘻地笑着说："你在下面我在上面。"我的心狂跳起来，头也有点昏，他们离我不到三米远。女人的声音我听出来了，是严登才的女人，而那个男人，肯定不是严登才。想到严登才两腿间正在腐烂的玩意，我对这个女人充满了理解和同情。可他们的声音传到我耳朵里却叫我受不了。不一会，女人开始呻吟，玉米地里一个白影忽隐忽现。我命令自己闭上眼睛，可不知何时又睁开了，这让我感到羞愧。从始至终，我都没有听见男人的声音，只有那个女人在说话和呻吟，就像她一个人在那里做那事一样。她不时关心地问下面的男人，玉米秸硌背不。男人大概是用点头回答了，她说："硌背你叫我，我慢一点。"运动了一会，女人"哎呀"地叫了一声，就像玉米秸戳到她的肉了。可不一会我就明白了，玉米秸没有戳到她，是她正处在风口浪尖上。那个男人有些害怕，想捂住她的嘴，可她兴奋地躲闪着，更加肆无忌惮地叫起来。我也有点飘飘欲仙，似有点难受，却又不像是难受而是不满，或者不是不满而是不满足，总之像口渴的人只喝到小小的一口水。那堆被他们当床垫的玉米秸的响声越来越小，大概是已经被压实了压碎了。女人的叫声也小了下来，但越来越绵长，每次呻吟都是曲里拐弯上上下下左左右右每个角落都到位了才结束。我难为情地替她感到高兴，同时也为她担忧，担心她会在叫声中死去。

他们终于结束。女人感叹道，好久没这么舒服过了，全身的骨头都酥了。男人说，你不要叫那么大声嘛，你叫的声音太大了。女人说，我就要叫，叫出来才舒服。男人说，你不怕别人听见？女人说，怕什么，这荒山野岭的，鬼都没有一个。歇会儿，歇会儿我还要。男人咔吧一声掰了个玉米，说我已经不行了，要来你只能用这个玉米棒子了。男人的声音很清楚，但我没辨别出他是谁。女人哈哈笑起来，说这个给你婆娘拿回去吧。我看见一个黑影向我飞来，这个玉米差一点就砸在我头上。男人叫她起来，该走了。女人蛮横地说，不行，我不能放你走。她还说，你怕什么，自从曹刚丘挖到那个乌人，严登才就没安静过一天，他做梦都在想把它搞到手，你放心吧，他不会注意我们的。男人低声说了句什么，女人嘻嘻笑起来，她说，我金山银山都不要，我就要这种快活。

我后悔不迭，刚才他们弄得哗啦响的时候没有趁机走掉，现在他们一动不动，静静地诉说情话，我已经没有机会离开。我不想让他们知道我在这儿，同时还感到无比羞耻，那下面湿了，冷冰冰的。我脑子里冒出过这样的念头，那个女人站起来，对我说：来吧，我让你来。这个念头一闪而过，但我体会到了自己内心的肮脏和脆弱，想做那件事，却并不一定敢做那件事，这让我无地自容。

当他们再一次把玉米秸弄响时，我四肢并用，像狗一样悄悄离开，直到他们听不见我的脚步声，我才像人一样站起来，落荒而逃。

5

我没直接回二叔家。我去了女儿塘。这是一口面积不大的水塘，小时候常在那里洗澡。我脱了衣服跳下去，心里挥之不去的羞耻感立即少了许多。

快走到二叔家时，我听到了悠扬动人的哭声。这哭声穿透黑夜，像清风和明月通过某种方式搭成的桥梁，清风托着月亮的暗面，举起孤独的身影，大地保持缄默，天使在遥远的地方扇动着苍白的羽翼。我感觉有一个东西在向我靠近，似乎是强盗，后来才发现是我自己的影子。哭声高亢低回，一会像金属丝即将崩断，一会又像是从筛子里拔出来，它悲凉地嵌在空气中，令人不可思议，也使人毛骨悚然，使人的悲悯之情油然而生。

正当我对不明来路的哭声感到害怕时，二叔家的大门一下打开了，一团亮光从屋子里滚出来，哭声紧随其后。哭声变了，刚才是带眼泪的，现在是干号，好像换了个人似的。

我以极快的速度向前奔跑。我说极快的速度，主要是指心里的愿望，因为双腿发软，所以跑得并不快。其实用屁滚尿流来形容我当时的动作更加准确，虽然我还不清楚发生了什么事，但我已经深感自己责任重大，再加上害怕和好奇，这应该是双重的屁滚尿流。

我冲进大门，看见二叔躺在地上，二娘在一边捶打着双膝号哭。

我的身体轻飘飘的，好像有一半是浮在空中，但同时脊背和胸膛在痉挛，眼里所见的一切似是而非，即使看见，我也不知道那是什么。

“二叔，你怎么了？”

我还从没有这么近面对一个死人，但我心里对尸体不是害怕，而是不知所措。在这种情况下人的感觉是靠不大住的，一会喉咙发热，一会背发冷。一切犹如梦境。我想我应该立即放声大哭，因为和我亲如父子的二叔死了。可我哭不出来，因为我无法控制自己扑通扑通狂跳的心脏。

二娘的哭声已经回到人间，她边哭边诉。她诉说的都是些鸡毛蒜皮的事情，我没心情去听，我首先想到的是把二叔放在灵床上，然后筹划安葬的事情。半边坡的风俗是灵床搭在堂屋，死者头朝祖宗神位，脚朝大门。二叔的鞋掉了一只，这只脚不经意地抽了一下，我想这是尸体变冷时的收缩。几个小时前还活得好好的，这么快就死了，死得这么突然，这生命也太脆弱了。想到这里，心里很不是滋味，眼泪终于滚了出来，一旦滚出来，就难以抑制。我告诫自己，一定要镇静，不能像二娘一样哭得稀里糊涂，该干什么事也不知道。

“二娘，二叔是什么时候死的？”

二娘没听见，我感觉她听见了，可她没理我，因为她正在咒骂什么人，说这人要遭雷劈，要挨刀剐，还要吃枪子。咒完了，她才撩开头发看着我。

“二娘，光哭没用，得把灵床搭起来呀。”

二娘像个傻老娘儿们一样无动于衷。我想肯定是哭得太伤心了。

“二叔是什么时候死的？”

“曹立你说啥子？”

“我问你，二叔是怎么死的？”

二娘又呜的一声哭开了，可很快就停住了。

“你二叔没有死啊，你怎么说他死了？”二娘以不无责怪的腔调说。

我跪下去摇了摇二叔，果然没有死，身上还是热的。

“二叔，你怎么了？快起来吧，躺在地下干什么！”

二娘指了指天上，说：“他差一点就死了，我要是晚来一步，他肯定就死了。”

“二叔既然没有死，你哭得那么伤心干什么？”我心里想。同时想到一定有原因，才忍住这句话。

在二娘的唠叨中得知二叔刚才上吊了。他在梁上挂了一根绳子，打了个活套，然后站在凳子上，刚踢倒凳子，二娘就跑来了，她用镰刀把绳子割断了，二叔摔了下来，摔下来后他便躺在地上不起来。

“是不是摔伤了？……二叔，我背你去医院吧！”

二叔仍然一动不动，他在装死。

“地上太凉了，睡久了会感冒的。”

我准备把他抱起来，可他暗中和我较劲，故意往下沉，我长期不干重活，根本不是他对手，连抱了几下都没能抱起来。我叫二娘和我把他抬到床上去，二娘说，死木凳一样，哪里抬得动哇。她把屋角的绳子和镰刀放在神龛下面的抽屉里，然后才来和我抬，她抬腿，我抬头。二叔硬起身子，重得像毛铁，刚抬起来，二娘就一个踉跄，一头扎在二叔的胯下。二娘扑哧一声笑起来。我也忍不住笑了一下，但我知道这时候二叔是最讨厌别人笑的，于是敛住笑，叫二娘去拿床被子来垫在地上，以免二叔着凉。二娘问拿哪床，被子她前几天才洗，每床都干干净净的，她舍不得。

“二叔，你还是起来吧，躺在地上会着凉的。”

二娘不满地说：“我哭了那么久，一个人都没来。”

哭得那么伤心，原来是在招人？

二娘意识到自己说漏嘴，她辩解道：“刚才我也以为他死了，他死了我怎么活呀。我呜的一声就哭起来，他嫌我哭得太大声，叫我不要哭，我才知道他没有死。要是一开始就知道他没有死，我就不会哭了。我哭都哭出来了，还哭得那么伤心，只好干脆让全村的人都知道，要不然背后又要乱嚼舌根。”

从我进屋到现在，也就五六分钟时间，马上就会有人要来，我已经感觉到脚步声了。我想到一个最实际的问题，我用很低的声音在他耳边说：“二叔，你现在不起来，一会人来了，你想起来也不好意思起来。”

二叔思考了一会，觉得这的确是个问题，身体终于像活人那样动了一下，我趁机抱起他的肩膀，把他扶坐起来。二娘去抬腿，他挥手让她走开，在我的搀扶下爬了起来。“往里面走，去床上躺会。”我像家长一样说。

躺到床上，这个委屈的大孩子看着我，说：“曹立，我是真的想死啊，我活下去一点意思都没有。”

“怎么了？”

“何首乌不见了，被强盗偷了。”二叔压低嗓门，就像强盗还在床底下。

“什么时候？”

“天快黑的时候。每天早上我要去看一眼，晚上也要去看一眼。今天天还没黑我就钻进地道，胸膛‘嗡’的一声炸开了，乌人不见了！”

二叔浑身哆嗦，再哆嗦下去，他会放声大哭。这时外面响起说话声，他不哆嗦了，让我给他把被子盖上。

这些人是被二娘的哭声招来的。他们问发生了什么事？二娘说二叔刚才得急病，差点死掉。二叔既然已经躺到床上，就不能再说上吊的事了。他们想进屋来看看，她把他们拦住了，她说二叔刚躺下，不能打扰。

我站在二叔的床前，没有开灯。黑乎乎的环境更容易让人平静。我想让二叔平静下来后再和他说说，乌人丢了就丢了吧，哪里用得着寻死觅活的。是你无意中挖到的，又不是你生下来的。即使是你生下来的，它要丢还是要丢的，你强留也留不住呀。这说明它本来就不该是你的。这种老人似的想法和劝解曾经是我最反感的，可今天却成了我唯一的思想武器。我不禁为自己的少年雄心感到害臊。不过，说起来也真是奇怪，藏何首乌的地方那么隐蔽，而且二娘整天都在家，怎么偷得出去？再厉害的高手，要钻进地道，也得打开那个柜子下去呀。可二叔说，门锁好好的，柜子上的锁也好好的，他爬到地洞深处才发现乌人不知去向了，就像它自己打地洞溜掉了。可整个地道和昨天一模一样，没有一块土被动过。在思考如何劝解二叔的同时，我却又忍不住异想天开，把自己当成聪明而又勇敢的侦探，只要我出马，再狡猾的劫贼最终都会被绳之以法。我的想象力活跃得让我自己都无法把握，它们长出翅膀，在脑袋之外自由翱翔。

对二叔来说，这也许是不幸的开始，但对整个半边坡来说，却是好戏即将登场。在兴奋的同时，我心中的不安在增大，我就要投身于没有意义的事件之中，就像被惊吓的乌鸦扇动着黑色的翅膀。

6

二叔平静下来后，叫我去给他倒杯水。我走到厨房，二娘正在炒菜。半边坡的晚饭吃得晚，不管天气长短，都要等到天黑以后再吃。二娘叫我去王三笋家把粑锤要回来，她晚上要打糍粑。“这些人，借了就不晓得还！”她不满地埋怨道。她倒了杯开水，放了一撮盐，亲自给二叔端过去。

王三笋家非常安静，像没人在家。我犹豫不决。看见门缝里有灯光射出来，我才决定上去拍门。出乎我的预料，门一下就开了。王三笋的媳妇拉开的，就像她一直等在门后一样。这次正好和白天相反，我肯定她就是在菜地里那个对我目不转睛的姑娘。突然一下，我很害臊，不好意思开口，因为在半边坡，男人那玩意也叫粑锤。我不知道她叫什么名字，只好问王三笋到哪里去了。她把我让进屋，说王三笋打牌去了。

“哥大，坐呀。”

大哥叫哥大，大姐叫姐大，喝水叫吃水，吃饭叫糟蹋粮食，粑锤叫粑琢，所有7字形的东西都叫琢琢，这些都是半边坡自成一体的语言。

“我不坐了，二娘叫我来拿……打糍粑的那个东西。”

我的脸一下红了。

“你坐嘛，我不知道王三笋放在什么地方，我要去找。”

“好的。”

“哥大，我妹妹昨天看见你了。那天她找到一株草，从没见过，想请你看看，那是什么草。妹妹说，除了你，没有一个人认得。”

我心想，我认得的草也不多啊。可我没敢说出口，因为怕她失望。

“你昨天回来的时候，我妹就看见你了，可她不好意思喊你。”

“她是不是在菜地里割菜啊？”

“是她。”

“你们长得可真像啊。”

“我们是一天生的，她叫明姜，我叫明黄。”

“是双胞胎？难怪。”

“你什么时候有空，去给她看看，请你。”

“行，我明天或者后天就要回去了，路过的时候顺便去看看。”

“草不在家里，如果在家，我今天就带来了。她看见后没有拔起来，因为她不知道你什么时候回来，怕拔起来干死后认不出来。有些草拔起来换一个地方就会死掉，立马栽进地里都不行，比花还娇气。”

“是啊，是有这样的草。那你叫她明天来吧，叫她来带我去看看。”

提着粑锤回到家，二娘的眼光让我终身难忘，她上上下下地打量了我一会，然后以不屑和十拿九稳的语气说：“王三笋不在家吧？”“打牌去了。”

“这姑娘，不管遇到什么人，都要讲她遇到阴人的事。她嫁来才三天，去沙田湾割猪菜，回来说两个阴人在田里打架，把稻子都踩烂了。还说一点也不怕他们，她说她从小就能看见那些死去的人。”

我正要纠正二娘的话，却听见二叔咳了一声，这是通报他即将进厨房。刚才去上吊，现在来吃饭，那么咳一声，似乎圆通了，用不着那么难堪。

吃饭时，我们都不说话，都怕提起乌人的事情。吃好饭，我帮二娘打糍粑，二叔则默默地抽着旱烟。他抽烟的时候既像思想家，也像一个麻木不仁的痴子，吸烟的滋味越舒服，忘却和抛弃的东西越多，留在脑袋里的东西越少，不过，剩下的那点你别想让他抛弃，那是即便死了，即便化成灰也不会改变的想法。因此也可以这么说，他吸一口烟或者吐一口烟，都可以看成是他对这个世界的指责。二叔已经秃顶，这在半边坡是很少见的，他们认为只有那些搞脑力劳动的人才会秃顶，干农活的人是不会秃顶的。二叔秃顶的地方又光滑又亮，一丝细皱纹也没有。瘦得没有腮的脸木木的，没有表情；眼睛是茫然的，但茫然的眼睛中间有两个很亮的光点，每当看到这两个光点，我都感到紧张，仿佛那是可以洞穿任何障碍的子弹。

打糍粑的石臼在屋子外面，上面有鸟粪，有竹叶，有灰尘。二娘先用水洗一遍，然后又抓一把糯米饭反复滚了几下，臼窝上的污垢这才擦干净，比石匠刚修过的还干净。可接下来的劳动却让我难为情。糯米饭倒进臼窝后，二娘用粑锤打，我用木棒杵。二娘一锤打下去，我必须将木棒杵在粑锤上，以免提起粑锤时米饭被带起来。打了一会，二娘热了，脱掉外衣，只穿一件圆领短袖衫。半边坡的女人是不戴胸罩的，她把粑锤往天上一举，大奶子便像兔子一样跳起来，然后屁股一翘，乳房受惊似的跳了两下，“噗”的一声，粑锤砸进米饭当中。按理说劳动创造美，我不应该胡思乱想。可我和二娘面对面，每次都感到那对乳房要飞到我头上来。我一边摒弃不洁的思想，一边却将木棒杵下去时的声音和动作与干那事联系起来。如果此时打开我的脑袋，里面说不定像垃圾桶一样肮脏。我想着那些和我有性关系的女人，她们没有一个让我如此激动过。说到和女人上床，我还是喜欢那些在床上既会撒娇又会尖叫的女人，她们的身长比我长一半，把我当男人的同时还把我当孩子。

把糍粑抬进屋，二娘把刚才炒在锅里的芝麻铲起来，准备舂碎了蘸糍粑吃。二叔不在厨房，我以为他睡觉去了。二娘去叫二叔来吃糍粑，她刚过去，不一会就在房子的另一头着急地叫起来，二叔不见了。我想笑，我想怎么可能，他怎么会不见了呢？同时心里说，二叔呀，你不做出点离奇的事看来是不会罢休啊。

总共四间屋，两间屋铺了床，另外两间堆放的是居家用具和锄头钉耙。二娘像唤猫一样：曹刚丘？曹刚丘？每间屋她都唤了几声。如果二叔不是一个人而是一只猫，听见这样的呼唤早就喵喵叫着跑出来了。屋子里没有，二娘到屋子外面叫了一阵，屋子外面也没有，二娘生气了。她说：“半夜三更的，去死也用不着这么急嘛。”

他会不会在地道里？我想他应该在地道里。我忙叫二娘把手电换上新电池拿来。揭开柜子，二娘后退了一小步，她说她从没下去过。我掀开柜子底的活动板，发现梯子安得好好的，这强化了我的判断。我下到底，再稳住梯子让二娘下来。她在地上干什么都风风火火的，钻进地道，却夸张地一惊一乍，当她从梯子上下来时，最后一步踏空，一下扑在我身上。我说二娘你小心点。她没吭声，我回头看了一眼，发现她正像小姑娘一样害臊。穿过狭窄的巷道，来到藏乌人的地方。床上的棉絮的造型和昨天一模一样，我兴奋地叫了一声：二叔！

我忘记这是在地底下，忘了空间那么小，这一声太大了，震得土壁直掉土，声音撞到土壁上弹回来，震得耳朵嗡嗡叫，腮帮子发麻。

二叔不在床上，我掀开棉絮，棉絮里什么也没有。刚才有半边卷成圆筒，使我误以为是一个人。

我仔细检查了一遍，如二叔所说，看不出任何痕迹，我是说乌人直接从地道里被偷走的痕迹。二娘感叹道，住在这里面比住在屋子里还好，又安全又暖和。她对乌人的失窃不像二叔那么难过。

回到屋子里，我听见外面有脚步声，我忙拉开门。没看见人，却看见一条又高又大的黑狗站在路上。它正在观看二叔的房子，那副样子就像它曾经在这屋子里生活过。

我叫二娘过来看。二娘惊喜地叫了一声：“嘿呀，这不是我家滚子吗？滚子，哆哆哆哆，快进来呀。”黑狗没有听从召唤，它调头走了。“我没认错，是它，是滚子！”“滚子不是被药毒死了吗？”二娘愣了一下，喃喃地说：“是呀，滚子已经死了，可那不是滚子是谁，难道世上有两条一模一样的狗？”

二娘从我手里拿过手电，用手电去追踪那条黑夜里的狗。刚开始，她晃来晃去都没找到，好像它一下消失了，正当她准备回头的时候，却在光圈的边缘发现那条狗站了起来。我也看见了，那不是一条狗，而是一个人！可手电光追上去后，它立即趴了下去，又变成了一条狗。我抢过手电，一直那么射着它，直到看不见为止。“我是不是眼花了？”二娘满脸茫然。她问我。“我也看见了呀。”关掉手电，黑乎乎的路、黑乎乎的山、黑乎乎的天空，与大地瞬间融为一体。

回到屋里，我和二娘都不说话，我们静静地坐着，看二叔什么时候回来。不管屋子外面还是里面，只要有丁点响声，我们的心都会提起来，直到声响消失，心脏才开始怦怦狂跳。

“你二叔会不会去死哟？”

“不会的，一个人死了一次没死成，不会死第二次。”

二娘装了半碗芝麻，拌上白糖，我叫她别弄，我不想吃，她像没听见一样，固执地把糍粑和芝麻递给我。我不喜欢吃糍粑，不光是难消化，还因为吃相难看。在半边坡，吃是大过一切的王法，“雷公不打吃饭人”。他们要喜欢你，就会把他们认为最好吃的东西塞给你，不管你吃得下吃不下。塞给你是一种爱和礼貌，你吃下去也是一种爱和礼貌。比如他们喜欢吃火烧土豆。把土豆堆在滚烫的柴灰里，焖熟后掏出来就吃。第一个给客人，客人不吹不拍不剥皮连同柴灰吃下去，他们就会对他大加赞扬。反之则会在心里嘀咕，对他另眼相看。有人还吃一种肉豇豆，秋天，他们把肥大的蚯蚓挖出来，像豇豆一样泡在酸菜缸里，泡上七七四十九天，有客来的时候就用来招待客人。外地人不敢来半边坡，就是因为特别怕吃这种肉豇豆。

我咬了一口糍粑，咽下去时想到了鸡嗉子。二娘背对着我，吃得很快。

我说："今晚上真静啊。"

"乌人不见了……"二娘说，她转过脸，眼睛睁得溜圆，就像要把眼眶里的眼珠子挤出来，直到脸上恢复正常，她才把剩下的半句话说完："没有人惦记了。"

第二章

1

半夜时分，我听见咚咚的声音，这声音从地下传来，我感觉床在颤抖。刚开始，我以为这是地震。清醒过来后，听见这声音更响，更密集。我披衣下床，循声而去，没走多远，就找到了声音的来源。竹林里，玉米地里，二叔家四周到处是人，他们正挥锄往地下挖。我像猫一样走过去，高抬腿，低放下，可还是被察觉，他们像受惊的野鹿一样倏地一下不见了。他们在挖坑，有的坑已经一米多深了，人蹲里面头顶和地表一样平。这是要干什么？难道要挖地道钻到二叔家里来？我回到屋里，刚钻进被窝，挖地的声音又响起来。等我披衣下床，刚拉开门，声响就又停了。再次响起来的时候，我先用水把门轴淋湿，这样开门的时候就不会有响动。我猫腰贴地走过去，快走到时，发现坑里的人一会弯腰下去，一会站起来，站起来时也只有头在外面。不远处的另外几个人做着相同的动作。为了给自己壮胆，我吼了一声：“干什么！你们。”

我还没看清这人是谁，一片黑云向我飞来，随即唰啦一声。这是一把沙土，不仅飞进了我的眼里，还飞进我的嘴里和衣领里。这让我非常气愤，恨不得抓住这个家伙痛打一顿。我去厨房用清水洗掉眼里的沙子，喊了几声二叔，想问他这是怎么回事。二娘用仍在睡梦中的呓语回答，你二叔还没回来，找魂去了。

我改变策略，将一根竹竿绑在门上，然后躺在床上，我准备以逸待劳，和他们战斗到底。咚咚声响起来后，我只要一拉竹竿把门打开，他们就立即停下来。这时我再一推竹竿把门关上。可他们远比我聪明，如此反复几次，他们便不再害怕了。我气急败坏地爬起来，抓起泥巴往那边投过去。刚开始也能吓住他们，可后来只要我投过去，立即会引来冰雹一样密集的报复。他们力气很大，有的泥巴块掷到了房顶上，砸得瓦片哗啦响。我冒着被泥巴块砸伤的危险迎面冲了过去，心里有了砸碎某人脑袋的疯狂想法。冲到一半，听见“嘿哈”一声，全都跑掉了。那些坑已经有一人多深，并且在往两边延伸，看趋势最后会连成一体，成为一道壕沟，把二叔家包围起来。这样一来，二叔家房子就成了孤立的城堡。新鲜的泥土有股杂乱的腥味，那些被挖断的草根树根弯曲着死亡的黑影，像从未开心过的灵魂。

我精疲力尽，几乎每块肌肉都记住了这一夜的劳累。我从山墙后面扛了一捆稻草，把它铺在地上，做好了人在阵地在的思想准备。躺下去睡了一会，夜风吹得我肚皮凉飕飕的，我怕感冒，忙把稻草铺到坑里面，没想到那么暖和。如果就这么死掉，我的表情一定会很安详。这样想着，不一会就睡着了。

他们回来后站成一圈，往下看着我，脑袋与脑袋之间没有缝隙。我闭着眼睛，心想我懒得理你们。他们往我身上撒土，试探我会不会反抗。我就不反抗，就要让他们失望。我感到天空越来越黑，最后完全消失在黑暗中。他们用土把坑填平了，把我埋在了坑里面。我想我是坚强的，我被自己的坚强感动，想到生活中我是那么懦弱，不禁淌下了眼泪。似乎用不着那么激动，因为这算不了什么，可我控制不住自己，居然痛快淋漓地号啕大哭。

大地像受伤的老虎呻吟起来。在它的深处，有的地方正在塌陷，有的地方正在熊熊燃烧。道路将不复存在，掀翻在地上的泥土全都变成灰尘。羊群像水一样往大地的裂缝倾泻，无声无息。

所有的比喻都在向后奔跑，直到所有的一切露出原形。无数拳头还在愚蠢地击打时间，但时间的面孔根本就不予理睬。

第二天早晨，我在令人生厌的吵闹声中醒来。让我惊讶的是我并没有露宿在外，而是腰酸背痛地蜷缩在床上。难道昨晚上那些坑是在梦里挖的？我忙爬起来。刚拉开门，红色的阳光像彩带一样抽了我一下，让我满眼五彩缤纷。太阳已经升起老高。待一股眼泪流下来，清理掉眼里的不适，我看见了像黄金或者大便一样泛着光辉的黄土。二叔在和什么人争执，我没去管他们，我沿着黄土走了一圈。一条包围二叔家房子的战壕已经形成，他们的艰苦卓绝和疯狂让我不寒而栗。

二叔的家完全变样了，屋后的竹林变稀疏了，玉米地被一分为二。地基似乎被抬高，给人一种易守难攻的错觉。无论从哪个方向看，都能看见讨厌的黄土，它们的反光改变了其他物体的颜色。

和二叔吵架的人是石有孝。快天亮的时候别人都跑了，石有孝还在壕沟里挖，二叔抓住了他。二叔骂他是强盗，石有孝也反过来骂二叔是强盗。二娘在屋里干活，不时跑出来帮着骂两句。我一直以为石有孝是个为人老实、手艺一般的石匠，没料到他那么蛮横。他被二叔发现后，本想跑的，可二叔把他认出来后，他破罐破摔，干脆继续挖。其实他跑掉什么事也没有，可刹那间他却转了个念头，既然二叔叫了他的名字，那就不如把自己当成抵抗主义阵营的英雄。他预先尝到了决不屈服战斗到底直到把对手打败所带来的乐趣，他甚至觉得这样做无比崇高，比做出一件漂亮的石器更叫人欣赏。

“曹刚丘！我告诉你，那东西在你屋里，那还是你的，可它现在跑了，跑到地里来了，那就不再是你一个人的了，它现在是大家的！”

他平时叫二叔曹表叔，现在直呼其名，这也是一种打击人的手段，就像吕布和刘备关系好的时候叫刘备刘皇叔，一旦翻脸就叫他卖草鞋的大耳贼。

“公鸡叫母鸡叫，各人找到各人要！”他喊完这句口号，狠狠地挖了几锄。

二叔搬了把椅子坐在阶沿上，骂一阵卷一支叶子烟，以一副打持久战的架势和石有孝对骂。从石有孝的话里我听出来，所有的人都知道乌人不见了，丢了，而且还是从二叔家地道里丢的。但他们认为不是被强盗偷走，而是它自己钻到地里去了，既然它已经成了精，那就完全有可能从地里逃跑。他们在二叔家周围挖这条壕沟，目的就是对乌人进行拦截，石头它是钻不动的，要跑它只能从泥土里跑。

二叔认为乌人即使钻到地里，那也还是它曹刚丘的。石有孝这么做，那就是强盗是小偷嘛。石有孝对此反唇相讥："我是小偷？我偷你什么了？我不像有些人，鬼鬼祟祟的，在这家房子后面转一圈，那家房子后面转一圈，以为变成一条狗没人认出来，听到放屁的声音我就知道你是曹刚丘！"

二叔说："知道就好，你也不是什么好人！"

他们的对骂让我想到沥青，看上去是硬的，用棍子一戳却是软的，你以为是软的，用锤子一敲却很脆。骂得最激烈的时候，石有孝从壕沟里跳起来，像是要痛打二叔一顿。这时二叔按兵不动，满脸轻蔑，石有孝骂什么他就还什么。石有孝说你家妈的×，二叔说你家妈也有×。石有孝说我操你家先人都没好，二叔说你家先人早就被操过了。等石有孝发泄完，回到壕沟里后，二叔这才从椅子上跳起来，把最恶毒的一串骂出来。观众不多，他们自己似乎也感到有几分乏味，但为了面子，谁都不愿首先闭嘴。

二叔昨晚装成一条狗去别人家屋后搞侦察，让我感到吃惊。

我和他面对面的时候居然没认出来。甚至连二娘也被骗了，她还哆哆唤他进屋。他不仅仅披着一张狗皮，而是在某些方面完全变成了一条狗，让人觉得不可思议，也让人觉得有些荒唐。但有一点可以肯定，正是因为我们生下就腿短身长，装扮起狗来才如此逼真。这让我想起一件心酸事。有一天，团长让我扮演小牛犊，把观众逗得哈哈大笑。可因为没答应给团长的女人洗衣服，团长的女人趁扮演牧牛女的机会把我抽了几十鞭。从那以后我拒绝扮演任何动物，哪怕扮演最低贱的小丑，最可笑的傻瓜，我也不愿四肢着地，学着动物的样子供人鞭打。

一种奇怪的冷漠心情控制了我，我没去管二叔和石有孝争吵，我看着他们的嘴在动，自己却细嚼着所有的心酸事。我感到不解的是，今天除了我没有第二个看客。平时有人吵架，他们就像看戏一样，散发着酸菜味的嘴巴还随着骂架的人生动地颤抖。

大概正是这种无味让二娘生气，她端了一瓢热气腾腾的猪食，在谁都不注意的时候兜头盖在石有孝的头上。同时骂道："挖，挖，挖你妈的毛老公！"

石有孝"嗷"的一声，撩起衣服揩了一把猪食，手脚并用从壕沟里爬到地面上："曹刚丘，你家妈的卖 ×，你今天不想活了！"他的声音震得房子上的瓦片哗啦响。

"干什么！不要乱来！"我站在他们中间吼道。

二叔知道挂免战牌已经晚了，他提起椅子，色厉内荏地说："来哇、来哇，你来。"

二娘比他勇敢多了，她一手叉腰，一手指着石有孝，骂出一串要有音乐天赋的人才能完成的段子：“你家妈卖 ×，你家妈卖麻 ×，你家妈卖大麻 ×；狗杂种，烂杂种，野杂种。石有孝，你这个强盗，你这个强盗，强盗 × 生的，挖那么大一条沟，你要埋人呀，把你全家埋了也要不了那么长呀。”

石有孝绕过我，飞起一脚向二叔踢去，那把还算结实的椅子立即粉身碎骨，二叔手里只剩一个角尺似的靠背。石有孝的脚也被踢痛了，他龇牙咧嘴地跳了两下。二叔嘴里还在说“来哇来哇”，不过口气已经变了，有胜利的庆幸和你受伤了也不关我屁事的推脱。石有孝扬起长臂，把拳头捅过去。二叔向后一退，这一拳打空了，二叔趁机啐了口唾沫在他脸上。二娘提起木瓢，急切中无处下手。我像联合国维和人员一样高喊，不要打了不要打了，再打我就不客气了。这没用，二娘还不满地瞪了我一眼，意思是我不去帮二叔，在一旁干叫唤，毫无实用价值。

石有孝出拳时想一拳把二叔打倒，二娘看出这一点，挥着猪食瓢迎难而上，石有孝的拳头在她面前绕了一个弯，落到二叔身上，不再有那么大的力量。二娘说，打哇、打哇，我让你打，有本事你打死我，把我打死了大家都安逸。石有孝喘着粗气，他很想给她一拳，可他知道她受不住这一拳，真把她打死了倒霉的还是自己，他叫她滚开，鸡不和狗斗，男不和女斗。二叔且战且退，也叫二娘让开，他用半截扶手进行还击，心想扶手比拳头硬，自己不会吃亏。

在石有孝的步步紧逼下，二叔退到了院子边，他想绕回来时，石有孝截住了他，肩头上被石有孝捅了一拳，他的身体不由自主地转了个圈。我见二叔吃亏大，忙跑过去，准备把他们分开。可石有孝一猫腰，把二叔扛了起来，我还没赶到，他已经把二叔丢到了壕沟里面。那么高摔下去，肯定摔得不轻。

“啊——”二娘叫了一声，立在那里不动，像被点了穴道一样。

石有孝操起锄头，哗哗地把沟坎上的泥土往二叔身上刨。二叔几次想爬起来，他都用脚把他踹了下去。

二娘醒悟过来，跑过去，趁石有孝低头的时候，狠狠地把猪食瓢打在他脑袋上。我看见几片东西飞起来，吓了一跳，以为是石有孝的脑袋开花了。待看清二娘手上只剩一个短柄，才知道开花的是猪食瓢。石有孝转过身，轻轻一拨，二娘转了个圈，一屁股跌坐在地上。她啊啊大哭起来：“救命啦、救命啦，快救命啦，石有孝要活埋人啦。”

我不能再犹豫，石有孝的意图很明显，他要将我二叔活埋。我进屋提了把菜刀，想到菜刀没锄头长，忙换成扁担。

我一手提刀，一手提扁担，全身血液沸腾起来，我甚至想起了“大刀向鬼子们的头上砍去”这首歌。蓝天、白云、泥土、房舍，似乎都与平时不同，可我并没去注意它们。我横操扁担，耳边风声呼呼。不知为什么，脑子里有点发烫，我不是那么清醒，像喝醉了一样。穿过院坝时，被破椅子绊了一下，险些摔倒，不过这反倒让我清醒了一些，我镇定下来，四肢也硬了一些，感觉全身的力量都已经传到了两只手上。石有孝实在可恨。

菜刀从石有孝头顶飞过去时，我看见一只黑色的鸟飞了出去。啊哈，石有孝的魂飞走了，我想。石有孝没回头，还在把泥巴往壕沟里刨。我心想，你刨吧，反正你已经死了，你马上就要倒下去，你刨不了几下了。我站着不动，我没有必要再给一个死人第二下。但石有孝没有倒，二叔抖掉身上的泥土爬起来时还给了他一脚。原来扁担从他头发上飘了过去，没砍中他的头。二娘丢掉手上的木柄，从我手里抢过扁担，像刺杀稻草人一样，向石有孝肋巴骨刺过去，石有孝猝不及防，一下滚了下去。二娘像母张飞，威风凛凛地挥起扁担："石有孝，你站起来，起来老娘一扁担砍死你！"

石有孝屁股一抬，低着头向前逃窜。二娘举着扁担便追，沟坎上全是昨晚翻上来的黄泥，二娘跑得不快，石有孝缩在壕沟里，也跑得不快，看上去就像电影里的慢镜头。石有孝跑到浅的地方，从沟里爬起来，跳到马路上。二娘跺着脚，问石有孝跑什么，她还没请他吃扁担炒肉哩。

我把二叔扶起来。他满脸是土。坐到阶沿上，他看见二娘已经把石有孝赶跑，便哽咽起来，说今天差一点就让石有孝活埋了。我有些内疚，觉得自己没起到什么作用。泪水把二叔的脸冲成西瓜样的条痕，我给他打了盆洗脸水，他说："我应该死，死了还好点。"我说："二叔，别这样。"他说："我想钻到泥巴里去看看，乌人到底去了什么地方。"我想说，人死了在泥巴里钻不动啊。我没有说，如果我说了，他会说我的想法是不科学的。他和半边坡其他人一样，自己认可的一切都是科学的，别人的认识，那就另当别论。

2

正在吃早饭，村长哈卫国来了，后面还跟着严登才。哈卫国长得像树桩一样粗壮，壮得连脖子都没有，头直接安装在身体上，头和肩膀之间有一道缝隙，这就是他的脖子。他的长相，整个儿就像原本是一个大冬瓜，他父亲在上头刻上五官，他妈向他脸上哈了口气，于是大冬瓜变成一个人。他的腿比别人都短，走起路来动静不大，速度却很快，就像装了两个轮子。严登才拿了一条白色的马尾，像拂尘又像鞭子，他用来扫苍蝇，苍蝇在他裆前抱成团。

二娘拿来碗筷，叫他们吃饭。哈卫国说："我已经吃过了，本来不想吃，可我吃饭的时候忘了喝汤，我喝口汤就可以了。"二娘说："吃吧，吃点菜，别客气。"二叔很感动，以为村长是来调查打架的事，是来为他主持公道。他酝酿好一副受害者的表情，说要不是曹立举起扁担救他，他就再也见不到村长了。我的脸刷地一下红了，这不是叫我贪天功为己有吗？正要解释，哈卫国用他那粗大的嗓门说，不要打，没有必要打，现在最关键的问题，是要找到何首乌，不能让它跑出半边坡。由于没有脖子，他的声音又粗又短，震得人耳朵发麻。严登才说，我早就说过嘛，乌人虽然是曹刚丘挖到的，但它是属于大家的，有了它你不会清净。二娘乜了他一眼，端着别人的饭碗，还说这种话！二娘给他添饭的时候悄悄吐了泡口水在里面。哈卫国说他决定成立一个调查组，一定要查清乌人的下落。他来看一下，乌人原先藏在什么地方，麻雀飞过都有影子，他不相信鸟人逃跑没留下一点蛛丝马迹。

人家不是来伸张正义的，而是来找何首乌的。二叔忍无可忍，说：“村长，你为什么要多管这些闲事，鸟人既不是你家的，也不是村里的。你们来我家，我请你们坐，请你们吃饭，甚至请你们喝酒，这都没有关系，可如果你们想打鸟人的主意，我劝你们趁早死了这条心！”他的受害者表情已经变成起义者表情。

二娘气得把碗筷弄得哗啦响。她一旦生气，要么手脚变重，要么不停地唠叨，也可能兼而有之。别人都放下碗，严登才还在吃，二娘不客气地把菜碗往灶台上收。据说雷公都不打吃饭人，可她实在是太生气，因此比雷公还凶。

哈卫国吃了三碗饭，喝了一碗汤，汤和饭已经填到喉咙口，他的头活动起来更难，眼睛也一眯一眯的，像是瞌睡来了。他闭上眼睛的时候，就像他没长眼睛。他睁开眼睛的时候，可以看见那对眼睛红红的，像用指甲掐出来的。眼眶里湿漉漉的，可那不是泪水，而是别的什么水。他接连呼呼地耸了几下鼻子，等屋子里的人全都看着他，他才开口说话。他说：“曹刚丘啊，你从小就是曹刚丘，可过了这么多年，你还是个曹刚丘，一点集体主义思想都没有！鸟人是无价之宝你晓得不？丢个锄头钉耙你能找回来，丢了贵重的东西你什么时候找回来过？咹！凭你一个人都能把鸟人找回来？凭你一个人都能找回来的话，它根本就不可能从你屋里丢失！”哈卫国把眼睛眯了三秒钟，然后慢慢睁开，“你们说是不是这个道理？咹？”

我第一个觉得毫无道理。藏得那么隐秘都丢了，能到哪里去找，肯定是找不到呀。二叔脸上那种起义者的气焰被浇灭，不甘心地说："找不回来我也不要别人帮忙。"哈卫国说："你这个曹刚丘，不是我说你，那么多人去找乌人，你应该高兴才对！找到了大家都有份，你也有份，连你家梁红玉也有份，看在你最初把它挖出来的分上，还可以多给你一份。你一个人找，乌人早跑到外国去了！你说是不是？大家都得不到，你也得不到嘛。"哈卫国说话的时候，严登才极快地挥动马尾，眼角上挂着愚不可及的眼屎，满脸佩服，就像这是他想说却不知道怎么说的话。

我想我应该立即制止他们，提醒他们不要有任何愚蠢的举动，包括二叔。我越来越感到乌人不会给他们带来好处，而是只会带来危险。才一个晚上，房子外面就挖了那么大一条壕沟，把乌人找回来藏在屋子里，还不把房子掀翻？多年来我已经对他们非常了解，为了得到一件东西，他们可以毁坏更多的东西——为了把树上的一头熊赶下来，他们会毫不犹豫地将一棵生长了一百年的大树砍倒；为了一只穿山甲，他们可以夜以继日地挖掘，把山坡挖出一个大坑，直到把穿山甲累得吱吱举手投降；为了捉住一条鱼，他们可以让一条河暂时改道。我看着他们，并没有看着父老乡亲的感觉，觉得看到的是发疯的一群人，他们既憨厚、朴实也无比贪婪愚蠢，既小心翼翼又总是蠢蠢欲动，既彬彬有礼又最不讲道德，既谦虚又自以为是。

哈卫国要下地道里去看看，二叔不答应，他说地道是空的，没什么看头。哈卫国说不看怎么知道乌人是怎么丢的，二叔说看不出什么名堂。哈卫国从衣兜里摸出一个放大镜，手柄已经断掉了。这是他十多年前去城里开会别人送给他的，回到半边坡后，无论什么都要用这个放大镜看一看。稻子黄了，用放大镜看一阵，说，如果这三天都出太阳，第四天就可以开镰；如果接连下雨，那就要十天才能开镰。这样的常识，别人不用放大镜都知道，甚至不用走到稻田边也知道，可他用放大镜一看，就给人不同寻常的感觉，多了一种不可辩驳的权威性。在家里吃饭的时候，饭菜他都要看。用放大镜照一照米饭，然后告诉他老婆，今天的米饭比昨天硬，水掺少了；或者比昨天软，水掺多了。他连自己的大便也看，有一天看见一粒辣椒籽，他兴奋地说，哎呀，还好好端端的哩，种在地里能长出秧子来。最近这几年没见他用，还以为弄丢了。

哈卫国用舌头舔了两下大拇指，用拇指把放大镜擦干净，然后告诉二叔，他要用这个放大镜检查地道里的每个痕迹和每一粒灰尘。二叔很不情愿，可面对哈卫国这个有些权杖意味的东西，他只能满怀沮丧，勉强同意。严登才也想进去，哈卫国不允许，这让二叔有一瞬间露出喜色。二叔叫我一起下去，哈卫国没说话，意思是看在我是二叔养子的分上，他默许了。他的表情让我很不舒服，好像下地道是出美差，他若是不同意，我就不能去。“我去干什么，我又不是侦探。”我冷冷地说。怕二叔误以为我是冲他，我补了一句，“我已经下去过了，什么也没看出来。”哈卫国连眯了两下小眼睛，大概是在品味我的话还有没有别的意思。我看也不看他，宁愿去看斜靠在板壁上的扫帚。二叔狐疑地看了我一眼：“你什么时候下去的？”“昨天晚上，你不见了，我下去找你。”我看了二娘一眼，希望她为我作证。我已经看出来了，为我私自下地道，二叔有点不高兴。我心里没有歉意，我又没做错什么。二娘说：“走哪里又不哼一声。”

哈卫国说：“我来晚了，昨晚上就应该来。走吧，不要扯闲篇。全都下去，人多力量大嘛。”二娘一跺脚：“不行，有些人那么臭，这不是要把臭味永远留在我家呀。”严登才仍然以一贯的速度打着马尾，脸上像涂了层硫磺。二叔说：“下面逼仄，人多了混不转。”哈卫国说：“行，那我们三个下去，我和刚丘，还有曹立。”

掀开柜子，哈卫国一步蹿上前，把头伸进去。我心里冒出一个恶毒的念头，在他屁股上来一脚，让他一头栽下去；或者狠狠地压下盖子，把他的脑袋关在里面。总之是让他吃点苦头。他往下望了一眼，抬头对二叔说：“你先下去。”

二叔下去后，哈卫国紧跟其后。我最后一个下，刚钻进柜子，手电没拿稳，砸在哈卫国的脑袋上，他挠了挠脑袋，说：“你把电筒摔烂了。”他不在意他的脑袋，在意手电筒。我觉得很好笑，忍不住哈哈大声笑起来。二叔说：“小声点，震得土壁净掉土！”我心里很不舒服，他这是对我私自下地道的指责。这让我想到，别以为有人爱你，就会永远爱你。

爬到存放乌人的地方，哈卫国用手电把每个角落照射了一遍。他转圈的时候，不是利用手臂和脖子，而是以圆滚滚的身体为轴心，像机器一样慢慢转动。然后，他摸出放大镜，在墙根煞有介事地观察。由于他的腿太短，肚子太大，要弯腰看个究竟得费很大的力气。大概是肚子顶在腿上，里面的气需要释放出来，他半张着嘴，没过多久就有涎水流下来。他自己一旦察觉，呼噜一下就把它吸回去。我无所事事，感到很无聊，不时扭一下肩膀，或者抹一下头发。二叔耐心地等待着，那样子还真把哈卫国当成了大侦探。

我突然想起答应和明黄去看她妹妹找到的草，心里不耐烦起来。在半边坡，很难看到像明黄那样清秀雅静的女子，嫁什么人不好，竟然嫁给尖嘴猴腮粗俗不堪的王三笋。以前我从没考虑过王三笋的长相，可从昨天开始，我觉得他的长相太对不起明黄。想到这里，我觉得我非出去不可，我感觉明黄正在家里焦急地等着我。我向二叔请示："二叔，你们在这里慢慢看，我上去了。"

就在这时，土壁上滚下一些泥土，非常细小，但它们滚落的声音我们都听见了。

"你们听见了吗？"

"听见了。曹立你呢？"

"我也听见了。"

我们迅速找到那个地方，三个脑袋不计前嫌地挤在一起。哈卫国呼出的气体弄得我不得不捏住鼻子。哈卫国一只手撑在地上，一只手拿放大镜，将手电含在嘴里，对刚才掉下来的泥土进行仔细观察。他粗重的喘气声越来越大，这给我和二叔巨大的诱惑和想象，我甚至想我幸好没有出去，出去了看不到最精彩的一幕。等他直起腰，从嘴里取下手电，却说了一句比放屁还让人失望的话。他说："和其他黄泥巴是一样的。"

我和二叔相视一笑。这一笑让我很感动，有那么点相逢一笑派恩仇的味道。虽然我和二叔之间只有恩没有仇。

“看不出什么名堂。”哈卫国说。

“当然看不出，它既然成了精，要跑就用不着硬往泥土里钻，它可以变成一股气，或者化成一道光，在地下来去自由。”

二叔说。

我发现他的想象力空前高涨。

哈卫国点点头：“有道理。”那双指甲掐出来眼睛里满是困惑，“可你挖到它的时候它为什么不跑呢？”

“它本来是我的，是我的财喜，可你们全都像贼一样，都要来霸占。”二叔越说越生气，“它看不惯，这才逃走的呀。”

“曹刚丘，话不能这么说嘛，即便它是你的财喜，它让你成为亿万富翁，可半边坡装得下你吗？半边坡装得下一个亿万富翁吗？你想想，大家都是矮脚鸡，你一个人是金凤凰，你立得住脚立不住脚。”

二叔没有吭声。连我也不得不承认，哈卫国的话有道理。我只是不相信，这个丢失的何首乌会那么值钱。何首乌是我亲眼见过的，没见出它有化成气化成风的能力，我宁愿相信它是被手段高明的强盗偷走的。国家金库都有失窃的时候，何况二叔这瓦屋村舍。

“走不走？你们不走我先走了。”我感到越来越闷，“走吧，上去再说。”

看得出哈卫国很不甘心。

和下来的时候有所不同，我走前，二叔第二，哈卫国第三。

我刚冒出柜子吸了口新鲜空气，就听见哈卫国在下面叫起来："刚丘，快帮我一下！"

哈卫国在经过管状地道时被卡住。往前不行，往后也不行。就像钻进地道后又长胖了一样。二叔叫我下去帮他。在手电的照射下，只见一颗圆球，若不是他在不停地呼救，根本没法想到这是一个人。这颗脑袋离洞口两尺远，唯一能抓住的是耳朵，揪着耳朵把那么一个人拖出来是不可能的事情。

二叔说："卫国，你把手伸出来。"

"我要伸得出来还要你救啊？就是伸不出来了呀。"哈卫国说着气话。

"我又没请你进去，是你自己进去的。"二叔幸灾乐祸地说。

"你要害死我呀？"

"就是要害死你，你这狗日的，当村长后就没做过好事。"

"曹刚丘，你这个没屁眼的，把我害死了你得不到任何好处！"

"我什么好处都不要，我心里高兴就行。哈卫国你信不信，我现在一泡尿就可以淹死你。我现在尿正胀哩，要不要试试。"

这也许是乌人丢失后二叔最愉快和满意的时候，虽然他是在和哈卫国对骂，但他满脸舒畅，没有半点生气的样子。

哈卫国骂了一阵，不骂了，大声喊救命，喊严登才来救命，喊曹立来救命，甚至喊梁红玉来救命。喊到最后"哎哟哎哟"地哭起来。二叔叫我去找根撬棍来。只有把孔道扩大，才能"把这个死猪拖出来"。

我听见二娘在屋子外面谩骂，为了救哈卫国，我没去看她在骂谁。

二叔凿下一块泥，叫哈卫国忍一忍，土块打在头上会痛的。哈卫国说，你撬吧，我忍得住。这时他们又成了志同道合的伙伴。

二叔撬了一阵，叫我去替他。他嘱咐我橇棍要拿稳，若是不小心戳在哈卫国的头上，那就要把村长报销了。我久不干农活，不但橇棍没二叔拿得稳，进度也慢了许多。哈卫国着急地说，曹刚丘，还是你来吧，曹立一个文弱书生，什么时候才能把我救出来啊。二叔站在梯子上，说，你忙什么，反正又死不了，等我抽杆烟再来。他果真慢条斯理地裹起叶子烟来。我告诉二叔，土干透了，太硬，洒点水就好了。二叔说不用洒水，你撒尿就行。说完后却又认真地告诉我，洒水没用，水一时半会浸不进去，只有慢慢撬。二叔把烟抽到一半，叫我让开，他来。我感觉出来，他嘴上骂得凶，心里其实还是想早点把哈卫国救出来。“二娘在骂架哩。”我说。“别管她。”二叔说。

撬到哈卫国脑袋附近，二叔叫我去找块木板来，放在哈卫国的脑袋上挡一下。我还没爬上去，意想不到的事发生了。

只听见“砰”的一声巨响，大地抖了一下，我甚至感到有股气浪扑来，吹出一大股土腥味。声音是从地底下传来的，而且确定无疑是从地道里面传来的。

“刚丘、曹刚丘？”哈卫国小心翼翼地说，“我的屁股不见了。”

我和二叔面面相觑。这时哈卫国像蠕虫一样，一下一下地从孔洞里爬了出来。他伤心地说，曹刚丘，我感到了一股风，我的屁股不见了。看不出什么变化呀？二叔转到他背后，拍了他屁股一下，问他这是谁的屁股。他将信将疑地说，这是我的屁股，可我刚才感到一股大风，把我的屁股吹掉了。说着他嘿嘿笑起来，为屁股的失而复得高兴。

这时我已经闻到一股硫磺味，并且肯定是从地道里面窜过来的。我预感到有人进来。我和二叔爬进去，首先听见有人在说话，然后才看见满地是土。土壁上冒出一缕微光，形状不规则，还在不停地变化。我听见有人问："穿了吗？""穿了！"另一个回答道。

二叔按住我，意思是叫我别动，我紧紧握住他的手，以示我绝对支持。

洞越来越大，先是一只手在洞口四周捋了一圈，然后一颗脑袋伸进来，把光线完全挡住了。

这是惊心动魄的时刻，我的心像一块红薯那样堵在胸口。我几乎是被动地、不知所措地和二叔同时揿亮手电。二叔气得说不出话来。

墙壁上的脑袋停止转动。

如果有把镰刀什么的，我敢肯定二叔会毫不犹豫地把这个脑袋割下来。

脑袋大概被手电光晃蒙了，慢腾腾地缩了回去。这时二叔才大吼两声：强盗！强盗！他不仅非常气愤，同时也充满了恐惧，那颗脑袋不缩回去，二叔还不敢吼出来。

"打！"

二叔捡起土块向那颗脑袋掷去，我也捡起土块跟着一阵乱打。

洞口太小，土块又大小不一，没有真正的力量砸在那颗脑袋上，最多有些泥沙撒进头发里，这只不过略微解一下心头之恨而已。

3

回到地面上，新鲜的空气让我晕头转向。现在只能用腹背受敌来形容二叔的房子，地道被打穿，四周还有两米深的壕沟。二娘刚才在和挖壕沟的人骂架。他们大白天也公然挖，他们不是贪婪，而是疯了。二娘问，钱贵周挖啥子？这又不是你的地盘，你怎么在这里乱挖？钱贵周答非所问地说，马上就要挖好了，挖到老底子就行了。他的意思是老底子太硬，乌人钻不动，它要跑也只能从软一点的泥土里跑。二娘在壕沟边上跳来跳去大骂。壕沟里的人反倒劝她，说梁红玉，你太辛苦了，回去好好休息一下，别把嗓子喊哑了。二娘骂操你妈，壕沟里的人说，梁红玉，你又没长鸡巴，你拿什么操啊。二娘骂狗杂种，壕沟里的人说，狗当然是杂种，它们想在哪里干就在哪里干，早就是杂种了。说着哈哈大笑。二娘骂得再恶毒再难听，在他们面前还当不了一根鸡毛。

我以为二叔会操起棍棒和壕沟里的人干仗，他即便把他们的头打开花我都不会觉得稀奇。可二叔没有，他似乎还有更重要的事要做。从地道里爬起来后，他换了件衣服，急匆匆走了。我跑到屋后，发现隧道是从竹林里的壕沟下面开进来的，他们钻到地底下后，挖掘的声音一点也听不到。

壕沟大部分挖到老底子了，凡是转弯的地方，都派了一个人坐在那儿，那神情，一旦乌人从土里拱出来，他们就会扑上去把它抱住。

我的心情非常复杂，为他们的愚蠢感到好笑，同时却又感到害怕，他们具有势不可挡的力量，有一种艰苦卓绝永不言败的冒险精神。可他们为什么坚信乌人价值连城？何首乌的价值仅仅是在传说中，在现实中并没有发生过用何首乌可以换来大堆金钱的事例。而且我还隐隐感到，他们找到乌人后并不是要用它换钱，至少不会用它换成一大堆花花绿绿的钞票，他们只想把它据为己有，让它成为传说中的财产。在平时，他们对任何人的私有财产都非常尊重，有些东西小得不能叫财产，他们也非常尊重。你丢在院子里的一只破胶鞋，有人要那块胶底也要郑重其事地问你还要不要，明确不要他才可以拿走。可对乌人这个超过他们想象的宝物，他们却又可以完全不顾廉耻，公开地、不遗余力地想尽一切办法进行抢夺霸占。这样的事你永远想不明白，虽然它们就发生在你的眼皮底下，即将发生的事既在你意料之外，却也在意料之中。

二娘也不见了，我想她大概到地里割猪草去了，猪还没吃食，在圈里哼哩。

我站在院子里，看见明黄在竹林后面向我招手。她今天非常可爱，天蓝色的衣服在微风里轻盈招展。我感到我想和她在一起，虽然我竭力控制这种想法，但收效甚微。我竭力去想我找她有正事要办，我先去看她妹妹发现的那棵草，然后和二叔告别和半边坡告别，逃到那个虽然不怎么尽如人意但可以用纸包住灵魂的地方。那里有许多纸，可以包住失意者和失败者的灵魂，当然也可以包住奸猾者和卑微者的灵魂，可以包住一切想包住的灵魂。半边坡这个地方，好坏都袒露无余，这让已经习惯控制感情的人吃不消。

我穿过竹林，明黄却没站在那里等我，她往屋后的山坡上走。见我有些犹豫，她向我招了招手。我往前走，她也往前走。怕和我走在一起？我不禁有些醋意有些失落，甚至有些生气，把我当什么人了？我慢下来，她也慢下来，我快她也快，就像漂亮的后脑勺上长有眼睛一样。如果人家要说三道四，这不是反倒成了此地无银三百两吗？我真想埋怨她几句。走到山坡上，两边都是玉米地，可明黄还是走一阵再向我招手，并没有因为玉米地的隐蔽性而让我上前和她一道。或许，这种隐蔽性使她更加不愿和我走在一起。

玉米地的边缘是松树林。正走着，突然从树林里窜出一条狗。它站在我和明黄之间。想到昨晚上二叔曾成为它们中的一员，我故意朝它追过去，看它到底是狗还是人。它一矬后腿，夹起尾巴以极快的速度跑上另一条小道。从奔跑的速度和神态看，是一条真正的狗。可它停下来后，回过头看着我一声不吭的眼神，又有点像一个人，像那种小心翼翼、对什么事都心里有数的人。我的情绪一下低落下来，心里别扭得像一颗钉弯了的钉子。我坐在石头上，假装走累了需要休息。如果她不叫我我就不走，我气鼓鼓地想。因为是在山坡上，我只能面朝山下，这样一来就成了背对明黄。坐了两分钟，觉得自己太小器，扭头去看明黄，她在草丛里寻找着，不时拔起一棵草，仔细端视，有时还放进嘴里尝尝，并没有因为我的冷落而心绪不佳。我突然拔地而起，想趁其不备追上去，看她到底什么意思。她没有用眼角挂我一下，更没有半点惊慌，我刚爬到一半，她已经像山妖一样轻盈地离我而去。

“哎，还要走好远啊？”

“还早呢，还有两座山。”

虽然自己从小就在这里生活，可并不是每座山都上去过，因为有些山分属不同的村寨，于是这些山直到现在还给我一种神秘感。

爬到山顶，半边坡变样了，就像站着的人看躺着的人，鼻子还是那个鼻子，眼睛还是那双眼睛，可有些似是而非。

出乎我的意料，对面几公里长的山坡上到处是人，这些人全在树林里挖什么东西，一览无余。

“他们在干什么？”

明黄没有回头。她说：“他们在找宝物。”

“是在找何首乌吧？”

“是啊，他们说，长成那样的何首乌是成对的，你二叔挖到的是个男乌，那就还有一个女乌，他们在找女乌。”

她的话听起来很别扭，像在说男巫女巫。

“那你为什么不去挖？”

“我？……我不晓得。”

她回过头笑了一下。

山上几乎没有路，蕨草有一人高，钻进去只能看见黑乎乎的头发像块焦叶一样在绿色的蕨草上移动，陈年的蕨叶积了厚厚一层，最厚的地方齐腰一样深，表面是干枯的，松泡泡的，最下面却湿漉漉的，不明就里一脚踩下去，一股霉味便会扑鼻而来，呛得人直打喷嚏。明黄踩什么地方，我也尽量踩什么地方。我怕里面有蛇，好几次被突然翘起来的干树枝吓出一身冷汗。我和明黄的距离近了一点，但不管我多么努力，就是追不上她。这不仅让人别扭，也有点伤人自尊，好歹我也是个男人，虽然没有事事争先的称雄心态，可连走路这种小事都败在女人手下，还是觉得挺没面子的。我不说话，她就不主动和我说话，我昨晚上去借粑锤的时候她可不是这个样子。穿过长满蕨草的山坡，进入一片青冈林，虽然荆棘丛生，也不好走，但比起在蕨草堆里钻，这已经是康庄大道。

“哎，哪里有泉水？我想喝点水。”

我的嗓子眼发干，大概是因为汗流得太多。虽然太阳照射不进来，可密密蓬蓬的树林里面非常闷热。

明黄没有回答我，就像没听见一样。

“明黄，哪里有水？”

她回头看了我一眼。

“还有好远？”我问。

“我不是明黄。”

“你不是明黄？”

“当然不是。”

我愣了一下，什么吃了一惊、做白日梦等等词语都无法准确描述我当时的心情。我不应该害怕，这没什么好怕的。可不知为什么，我不感觉渴了。我的思绪在闷热的林子里无处生根，在任何确定的东西尚未出现之前，它只能像黑夜和黄昏之间的一名醉汉，为还能勉强立住脚而庆幸。枯枝败叶的气味在空气中嗡嗡作响，还有一些看不见的东西，也在嗡嗡作响。

“我是明姜。”

“明黄是你什么人？”

“是我姐姐呀。”

“你们……怎么长得这么像？”

“我们是同一天生的啊。”

明黄昨天告诉我了，但我没在意。

“我一直以为你是明黄！”

“你也没有问我呀。我以为你知道我是明姜。”

“你和你姐一点区别都没有，谁认得出来？”

我不知道是应该庆幸，还是应该哈哈一笑。回到半边坡这两天，一切都出人预料。

明姜刚才没理我，她是在找一种草，我发傻的时候她找到了，她叫我把这棵草吃掉，吃了可以解渴。我已经不渴了，她自己把它吃了。既然知道了身份，什么都应该可以说了，我想。

我问她：“你为什么不同我一路？”

她说：“我从来就不和别人一路。”

“我还没追上来你就跑了。”

“我又没叫你追。”

我发现和她说话特别难，她总是一句就能把后面的话堵死，但又不是有意的，仿佛是天性使然。

“还远吗？”

“不远了。”

我们走在山脊上。我看见山洼里有一座坍塌了一半的瓦房，房前屋后的玉米地由于无人管理，已经杂草丛生。这是张齐发的房子，他很少和村里人来往，一个人住在这深山洼里。半边坡人都看不起他，说他懒，实际上是嫌他穷。张齐发反过来也看不起村里人，他和他们说话的时候，古怪地微笑着，仿佛正在想一件可笑而愚蠢的事，正在对一个看不惯的人暗自冷笑。他有个可笑的愿望，希望自己能像鹰一样飞翔。半边坡没有一个人嫌自己腿短，反正是天生的，反正大家都一样，反正就这么活着也不碍事。只有张齐发，他不但嫌自己腿短，还嫌自己身体沉重，不能像鸟那样自由翱翔。他以为只要把鹰的翅膀插进胳肢窝，等它长好后，他就可以像鹰一样飞到天上去。村里人碰到他，都要嘲笑他，张齐发，你的翅膀还没长出来呀？他不生气，仍旧古怪地笑着，笑容很复杂，占主导地位是讥诮和自信。就像在说，你们这些蠢人，老子早晚有一天要飞起来。后来，他捕获一只老鹰，翅膀像芭蕉叶一样又宽又长，他不顾家人的劝阻，先在自己的腋窝下打了个洞，然后剁下老鹰的翅膀插进去。可惜，第二个洞还没开始打，他就因为流血过多死去。他死掉后，这个家也散掉了，像失去了遮盖的土坯墙一样坍塌了。

我问明姜知不知道张齐发家的人去了哪里，她反问我哪个叫张齐发，她对他的故事竟然一无所知。张齐发死去已二十多年，明姜那时候也许还没出生，但她不应该什么都不知道啊。这可是当时半边坡人最爱谈论的事情，无论是外地人来半边坡，还是他们去外地，最先向别人说起的就是这事——知道不哇，张齐发死了。别人问谁是张齐发，他们便得意地甚至自豪地讲起张齐发的故事。

我已经受不了啦，短短的腿仿佛生了锈。我再次问明姜还有多远，她说，快了快了。

又越过一座山，她终于说到了。在一棵巨大的樟树下，她指了指，说她发现的草就在那里。我刚走过去，她一下跳开。樟树粗壮的裸根转了个弯，形成一个圈椅状的地窝，往常地窝里全是黑泥，这种泥曾被当作肥料用过，而今地窝子里干干净净，大概是此前被她清理过。里面长了七八种草，我认得的不多。有两棵是亮秆菜，一高一矮；还有一棵半夏，纤弱得像一根铁丝，其他的我都叫不出名字。亮秆菜喜阴，长得很肥壮，叶子是绛红色的，茎半透明。和其他草一对比，这两株草像地主老财一样，暗藏着一股洋洋得意的严肃，对身边瘦骨嶙峋的半夏既同情又不解。就食用性而言，亮秆菜和半夏都可以给猪吃，其他杂草一半可以给牛吃，而如果是一只羊，它可以把它们全都吃掉。我的植物学知识不比我认得的蔬菜多，但我还是认为这些草没什么奇特之处。

我问明姜："明姜，你说的是哪一棵？"

"就是那棵。"

"你走过来呀，过来指给我看。"

她犹豫了一下，然后说："那你先把鼻子捏上。"

"怎么了？"

"我臭。"

"不要紧，你过来吧。"

"你先把鼻子捏上。"

"真的不要紧。"

"从小别人就不敢挨我，他们嫌我臭。"

"是这样啊，我不怕，你过来吧，过来指给我看。"

"你还是先把鼻子捏上吧。"

"好吧。"

不捏上鼻子她就不过来。

她指给我看的是一棵八寸高的草。不亲临现场，无论别人用什么样的文字描述，我都无法确知它的长相。我只能这样说，这是一棵优雅的草。它长在两棵亮秆菜中间，茎一半红一半绿，叶片对生，茎和叶柄之间的小杈里有一根卷曲的触须。

"我从没见到过。"明姜说。

"我也没见过。"

这时我闻到一股奇异的香味，介于兰花和青草之间。我以为是这棵草的香味，俯下身去闻了一阵，闻到的是一股潮湿的草腥味。抬起头来，我才发现香味是明姜身上散发出来的。刚才为了说话我把鼻子放开，一放开就闻到了。我有意往前耸了一下鼻子，她像惊兔一样跳起来。

"你身上是香的哩。"我说。

她摇摇头。

“真的，我从没闻到过这种香味。”

她还是摇头。摇头的时候双唇颤抖着，好像要对我说点什么又忍住了，没有做声。我站起来，她急忙退了两步。

“我不骗你，其实刚才你在前面我就闻到了，我没想到是你身上散发出来的，我以为是野花散发出来的。”

我的话好像让她不高兴，她脸上的表情很古怪。她发现我全神贯注地看着她，便迅速而又气愤地又退了两步。她的目光不仅严峻，还有一种不信任。此时此刻，她不相信糖是甜的，不相信火能取暖，不相信一切最普通和普遍的东西。

“你那么香，他们为什么要说你臭呢？肯定是他们的鼻子有问题，香和臭都分不清。”

她怯生生地看着我。

“我没骗你，我没有必要说假话，我今天才认识你，跟你说假话有什么用呢？”

我后退两步，索性蹲在地上。她的表情终于有所变化，除了固执，还有一种古怪的自豪感。一个小姑娘，从小就被当成臭不可闻的人，这和生下来就关在大牢里没什么区别。我理解她的执拗，她应该执拗。但我希望她把郁积在其中的一切全部吐露出来、宣泄出来。

“你怎么知道是我身上发出的呢？也许是花呢？是草呢？”她带着温和而腼腆的狡黠神色看着我，同时又因为自己的话而羞得满面绯红。

“不会有错，香味是从你那边传来的。”

她若有所思地看了看我，手指头拧着衣角。我看出来了，她正在翻越一座山，一座不高但她从没翻越过的山，从她喘气的声音可以感觉出来，从她微微战栗的身体也可以感觉出来。

我吸了两下鼻子：“隔这么远我都能闻到。”

她像是很想对我说点什么，但显然觉得难以启齿。我知道她还在攀登，还在翻越，她显得心不在焉，身边的一切都被忘却，但非常美丽。我注视着她，注视着从树叶间筛下的斑驳阳光，注视着她身后的树木。

这时一股风吹来，从她吹向我，我惊喜地说：“嘿，真的哩，好香。”

她松了口气，显出笑意，一绺头发从额上滑了下来。

“风啊风啊，再大点啊。”我故意说。

明姜两眼熠熠发光，双颊通红。

“你走过来，走过来让我好好闻闻。”

她往前走了一步，但立即站住，像做错了似的又退了回去。她理了理头发，再次用一种不信任的眼光看着我。

“明姜，你相信我，我没有骗你。”

“我不是不相信你。”她迅速瞥了我一眼，面红耳赤，低下眼睛。

她内心的冰块正在崩溃，正在坍塌，这从她呼吸的样子能看出来。我不能犹豫，也没时间犹豫，我一步冲上去，把她搂在怀里。她本想跑的，可她被困住了。

“你不臭，真的，你一点不臭，你是香的，比所有的人都香。”

我想起什么人说过的一句话，树立信心最好的办法，就是把最简单的话不断重复，于是我把“你是香的”这四个字重复了近百遍。我还没有儿女，可我像抱着自己的女儿一样抱着她，让她充分信任我，同时也让她充分信任自己。本来我应该为自己抱住一个漂亮的女孩而难为情，但相反我感到的几乎是自豪。

“好了，明姜，没事了，你是香的，你比所有的人都香。”

明姜仰起脸，眼泪淌了下来。她双手痉挛地抱住我，她那被所有半边坡人压抑的感情骤然间迸发出来。她感激地往我身上贴，我却既欣慰又辛酸。我的父老乡亲们，你们有罪啊，把一个小姑娘变成这样。她把头埋在我胸脯上伤心地哭，哭得全身发抖，郁积的心头的难过滚滚而出。哭了很久，她不哭了，但她没把脸抬起来，仿佛不好意思看我。我轻轻推了她一下，她立即用小手紧紧地攥住我的衣服，牢牢地贴在那儿。

明姜慢慢平静下来，但她仍然不看我。偶尔那么看我一眼，眼神里蕴藏一种胆怯。最后，她面红耳赤地嫣然一笑。

我们不再管那棵草，不仅因为我对它一无所知，而是因为此时此刻，明姜才是一棵从没被人发现的异草。在我的生活中，我很少用“爱”这个字，即便有时候感觉到了，我也从没有说出来过，不说出来似乎才是道德。但今天不同，我告诉明姜，我爱她，非常非常地爱她。但这种爱不是爱情，爱情是占有，我并不想要占有她。她对我的话心领神会，这使我无比欣慰。

我说：“明姜，我很爱你哩。”

明姜说："哥，我也很爱你啊。"

我们说着，她终于咯咯地笑出来。欢快的情绪像疱疹一样刺激着我们的全身，使我们没法平静。在这空寂无人的森林里，足以让所有的树木和花草因感染上我们的笑声而发亮。

这的确和爱情无关，但比爱情更加让人幸福。

明姜说："我想飞，我想飞到天上去。"

我说："你飞，你飞。"

回家的路上，明姜不再和我保持距离，她不时停下来，要我再闻闻，她是不是"还是香的"。每次我都拥抱她一下，闻她的脸，闻她的脖子，闻她呼出的气体。是的，她是香的，似兰花的幽香，似嫩草的清香，这些香味沾满了阳光。有几次，我们的嘴还不由自主地像两滴水一样融合在一起。这柔软的芬芳让我陶醉，让我找到了生活许诺过但落空的东西。

"我应该死掉。"我说。

"我也一样。"她回答道。

我问她，那天我回来的时候，她在菜地里为什么目不转睛地看着我。她说，她怕我闻到她身上的臭味，因为她越动身上的臭味越浓，所以她一动不动。我忍不住哈哈大笑，并再次去拥抱她。我在想，要是能把她的香味装在瓶子里，想闻的时候闻一下就好了。如果她能缩小，小到能装在手提包里，那就更加妙不可言。我没把这想法告诉她，因为不久前我对另一个女人也产生过这种想法，请求她变成一个小小人，以便我随时把她带在身边。这是在我和她做爱以后说的。那是在一个规模相当大的度假村，我们沿着河边走，太阳下山的时候我们到了度假村的院墙边上。我想要她，那个东西大起来，我已经走不动路，她笑嘻嘻地说不行，她说我们第二次见面就做这事太放肆了。她很有经验地说，男人在这种时候撒泡尿就好了，她叫我脱下裤子，她可以替我拿那个东西帮我撒尿。当她捏住我那个东西时却改变了主意。完事后我搂着她请她变小，她说我变我变。她往我怀里钻，似乎的确变小了一点。其实她体重至少是我的两倍。我们发誓要永远在一起。可没过多久，她就再也不理我。当我去找她时，她不是烦躁地指责我就是说她心情不好，需要一个人待会儿。后来我才知道，她在和另外一个像苍蝇一样追求她的有权有势的人跳舞和做爱。她和我做爱，并不是因为爱我，而是她听什么人说，别看我身材短小，那个东西可比一般人大得多。虽然这话并不假，但我从未因此自豪过。我不能对明姜说这些，说这些对她是一种侮辱。明姜眼里不时燃起蓝色的火苗，我知道，如果我要，她什么都可以给我，但我必须把持住自己，我把这当成是对自己正直的一种鼓励。说正直当然不准确甚至有点可笑，但我找不到别的词。这也许让她有点失望，但我宁愿让她失望。

穿过松林，从蕨草丛中钻出来，半边坡尽在眼底。明姜要从另外一条小道回家，她家离这儿还有好几座山，她忧郁地看着我，就像我们从此分别不再见面。我什么也说不出来，她也一样。我在心里说，你变小啊，变小了我把你天天带在身边。这话像凉风一样吹进我心里，我不敢看她，只能用凄迷的双眼看着天空。她后退两步，然后转身像小鹿一样奔跑起来。

4

夕阳西下，小草举着露珠，不知道黑夜即将来临似的。我碰到父亲，他扛了把锄头。无疑，他也在寻找“女乌”。我告诉他，别信这些谣言。父亲谦虚地笑了一下，说：“曹立，我也不想挖，可全村的人都在挖，连小孩都上山了，我在家里也坐不住啊。”

是的是的，这我能理解。可我还是忍不住说：“别说挖不到，就是挖到了又有什么用？你不想想。”

“我不晓得，挖到了再说吧。”父亲说。

“我想明天回去，我已经回来好几天了。”

“你回家拿点干豇豆吧，你妈准备好的。”

“爸爸，不用，不用拿。”

不知为什么，我的眼泪淌了下来。

“你二叔呢？他的乌人找回来没有？”

“没找回来，恐怕再也找不回来了。”

和父亲分手后，我在夕阳里站了一会。

我拐弯去看了看明黄，看她和明姜到底有什么区别。明黄正在阶沿上剥葱。我刚刚已经和明姜分手，但我还是忍不住问：

“你是明姜还是明黄？”

“我是明黄啊。”

明黄没看我，她看着手上的葱。她说：

“去了回来了？”

“去了回来了。”

“是什么草？”

“我也不认识，我从没见过。”

我悄悄耸了耸鼻子，我没闻到明姜身上那股香味。这也许是这对双胞胎姐妹唯一的区别。除此之外她们的一举一动和声调都是一样的。

“明姜认识很多草，她从小就吃草，见到什么草都敢吃，她吃的草比她吃的饭还多。她有病，她想用草治好她的病。”

“她有什么病？”

明黄左右环顾了一下，压低声音说：“一种奇怪的病，她身上是臭的。”

“她不臭啊，我今天闻过了，她不但不臭，我发现她比所有的人都香！”

“不会的，她的臭是出了名的，在家里吃饭从没让她上过桌，都是单独给她舀一份在一边吃。她住的那间屋从来没有人进去过。”

“你闻到过她身上的臭味？真的那么臭？”

“当然是真的，我从小就和她在一起，我已经闻不出来了。就像天天在猪圈里的人，是闻不到猪屎的臭味的。”

“其实你从没闻到过！”

“可别人都说她是臭的，他们都闻到了。”

“你为什么不告诉他们你没有闻到？”

“我告诉他们？没有人问过我呀，再说，即便我告诉他们我从没有闻到过，也不会有人相信呀。”

我对明黄的好印象就这样一笔勾销。我想这一定是因为她嫁给了王三笋的缘故，出嫁后的女人会变蠢，嫁给王三笋这样的人会变得更蠢。她嘴里冒出“呀”字时正好直起腰，她的嘴离我很近，这时我闻到一股怪味，有点像青菜被焖熟后突然揭开锅盖时的气味，虽然不算难闻，但我一点也不想闻第二下。和那些满嘴酸菜味的人比起来，她算好的，可惜她已经来到半边坡，早晚有一天她会变得和其他人一模一样，不仅带着一团自以为是的臭味，还将带着一套自以为是的思想。到那时候，和她有关的一切就会变成实心的橡胶球，既是混沌的又是真实不虚的，既是理智的又是荒诞不经的。这些话是我晚上躺在床上时想出来的。明黄进屋去端水出来洗葱，我没打招呼就走了。

还没进屋，我就听见二叔在呻吟，我想他忙碌了一天，一定是太累了。进屋后却吓了我一跳，天光已经很暗，但他们没开灯，二叔赤条条地趴在一张长凳上，二娘正在用一盆黑乎乎的水给他抹身体。地上到处是水。我本想立即退出来，可二娘却招呼我快去帮她的忙，二叔听见我回来了，以更大的声音呻唤，像受了委屈的孩子见到自己的家长一样。二娘叫我往灶洞里加柴，她还要烧一盆水。柴加好后，二娘递了条毛巾给我，叫我和她一起给二叔热敷。原来二叔不是在洗澡，是他被人揍了，二娘熬了一锅草药水来给他疗伤。揍二叔的人很有水平，没有一条伤口，身上青一块紫一块的，像是特别颁发给他的纪念章。

“为什么不开灯呀？”我问。

“开灯干什么，又不是看不见。”二娘说。水很烫，她嘴里咝咝地忍受着。的确，适应一会就好了，连浮在水上的鸡毛都能看见。

每次把滚烫的热毛巾盖上去，二叔都像挨刀一样哼叫，叫得人心尖子痒。二娘吼道："忍住嘛，哼个鬼啊！"二叔说："那么痛，你来哇！"二娘又忍不住哈哈笑。在你来我往的咒骂声中，他的痛苦减轻了许多。

上午哈卫国和严登才离开后，二叔躲在江边的树林里，那是离开半边坡的必经之路，不管什么人，只要离开半边坡，他都要跳出来搜查，哪怕空着两只手的人。他怕这些人把乌人带出半边坡。"一旦他们把它带出去，就再也找不回来。"遇到老实的搜了就搜了，遇到不老实的臭骂他一顿，遇到脾气大的干脆揍他一顿。二叔已经是五十多岁的人了，几乎所有想揍他的人都可以放心大胆地揍他，不用担心自己会吃亏。

天色暗下来，我把二叔扶到床上。拉上被子后，他脱下湿漉漉的短裤，像甩一团青苔一样甩在地上。二娘叫二叔自己找衣服，她忙着煮饭，"忙碌了一天，肚皮都饿贴背了！"她说。二叔的衣服就在枕头底下，他不要我帮忙，他叫我把那条脏短裤提过去，他说："你二娘一会好洗。"我心想，亏你想得出来，叫我给你提短裤，想到流汤滴水脏兮兮的我就恶心。可我没法拒绝，在他看来这是一件极其简单的事情，和给他端一碗水差不多。

我煞有介事地跷起兰花指，把二叔的短裤丢到阶沿上，他刚才脱下来的衣服也鸡零狗碎似的摆在那儿。

晚饭的时候，二叔爬下床。正吃饭，一只癞蛤蟆跳到水缸里，只听见扑通一声，我以为有人往屋子里掷石头。大概是栖息在竹林里的，那条壕沟把竹林一分为二，它找不到回家的路了，瞎蒙瞎闯跳进了水缸。二娘一边骂它不长眼睛，一边叫二叔去把它捉起来。二叔默默地吃着饭，除了嘴在动，身体其他部分都处于静止状态。二娘叫我去捉，我是最怕癞蛤蟆的，连看也不想看。二娘气哼哼地用火钳把它夹起来，发现灶膛里还有火，她突然心血来潮，把癞蛤蟆一下塞了进去，然后迅速盖上灶门。癞蛤蟆在里面叫唤着，声音不大，像是在低声地吼着骂人的话，在骂娘，同时还在威胁，在求饶，在哭泣。这出乎二娘的意料，但她想放它出来已经来不及，它终于停止声嘶力竭的吼叫，不一会，“砰”的一声，癞蛤蟆像皮球一样爆炸了。烧焦的肉味在屋子里乱窜，再也尝不出饭菜的味道。二娘又害怕又后悔，不敢揭开火门，就像这只正在变成焦炭的癞蛤蟆还会跳出来。我一点胃口也没有，感觉那股令人作呕的焦味全跑到胃里去了。二叔无聊地咀嚼着，口腔里咕唧咕唧的，好像也有一只癞蛤蟆。

半夜时分，我听见门响了一声，很响，我忙侧耳倾听。另一间屋里响起脚步声，是强盗？我心里怦怦跳。“算了，别去了。”这是二娘半睡半醒的声音，她的声音像沥青一样浓稠。是二叔？这么晚了还要披着狗皮出去？

我听见二叔走出去后学了两声狗叫，第一声还有些勉强，第二声就完全达到以假乱真的地步，引得远处的狗也跟着叫起来。我能想象他那副满意和自信的表情。茫茫黑夜里，他像无所不能的地下工作者，你无法怀疑他找不到他想要的东西，什么时候找到，仅仅是个时间问题。

我决定了，不管明天二叔和二娘怎么挽留，我都要走，谁也别想留住我。也许他们根本就不会挽留，因为现在我对他们已经没什么用。这么想着，我轻松多了，不一会便再次进入梦乡。

第三章

1

我醒得很迟，醒来时大约十点钟，如果我还是一个农民，那么这在以勤劳著称的半边坡是要受到谴责的。洗漱之前，我先收拾好旅行包，我的旅行包几乎是空的，我只带了两件换洗的衬衫回来。没想到，包里保留了一封二叔叫我写的信，是底稿。我极快地扫了一眼，觉得自己做了一件非常可笑的事情。

我告诉二娘，我要走了。二娘说，今天就走，怎么这么急呀。我说我已经回来三天，只请了三天假。

“那我马上煮饭。”二娘说。

“煮饭来不及，我还要去赶船哩。”

“饿着肚皮怎么走，我煮面，快得很，你吃了面再走。”

“好吧。”我说。

没看见二叔，“二叔呢？”我问。“他还在睡。”二娘说。“他昨儿晚上又出去了？”二娘压低声音说：“出去了。现在没有一个人闲下来，都在找哩，有的装成狗，有的装成牛，一到晚上就在村子里乱窜。”“能找到吗？”“找得到要找，找不到也要找啊。”“二娘，你相信那个乌人真的那么值钱吗？”二娘愣了一下，她从没想过这个问题。“我相信啊，别人都相信我也相信。”是啊，谁不相信，就不会相信任何事情；谁要是相信，就会无限地相信。“我去叫你二叔起来吧，他不知道你要走。”“不用，让他睡吧，他太辛苦了。”“叫他起来和你一起吃面，吃了再去睡，我煮的是太子面，是补身体的。”

我闻到一股狗毛味，回头一看，是二叔。二娘瞧了我一眼，笑着说：“听说有好吃的，不叫自己来。”自从昨天闻了明姜史无前例的香味，我的鼻子对臭味反倒比以前灵，二叔的身上不光有股狗毛味，还有股暗蓝色的属于夜晚的腥味。

二叔的眼泡像两个半瘪的灯笼。不知道他是有意练习以便更像一条狗呢，还是因为太累的缘故，他一坐下来喉咙就咕咕响，好像有一块软骨滑上滑下。上了岁数的狗躺在地上时喉咙里就这声音，猎狗在狂吠之前也有这声音。

“二叔，我要走了。”

“要走？忙啥子嘛。”二叔把我引到院子里，回头望了望房子，好像房子里到处是耳朵，反倒是院子里更安全。他低声说：“你等我把乌人找回来了再走呀。我已经有了一点线索了。”我想笑，但同时也想哭。“呵，我等不得了，我已经回来好几天了。”“那我找到了立即去城里找你。”“行行行，你到时候来就是了。”二叔左右看了看，以更警觉更神秘的声音说：“我昨晚上真的发现一点线索。”他很激动，以至于那两个缺少睡眠肿胀得灯笼似的眼泡一抖一抖的，“石有孝家屋后那棵栗子树，你晓得不哇？你应该晓得。我看见一个影子在树上晃了一下，我没在意，以为是野物在上面吃栗子，走了很远我才发现，啊呀，不是野物，它就是乌人，因为我看见它全身雪白。”他就此打住看着我，希望我和他一起激动或做出评价，但我什么也不想说，我像某些接待处的负责人接待上访者一样无动于衷。他只好继续说下去：“等我回来，嘿，不见了！那个雪白的影子不见了，树上什么也没有，清风雅静的。我要是一直守在树下就好了。”我不置可否地笑了一下，我不能指责他的无稽之谈，他现在是一块被反复捶打的铁，“千万要保密，谁也不要说啊。”我愉快地答应了，为无稽之谈终于结束而高兴。

二娘把面煮好，红通通的泡椒丝和白白净净的肚条。泡椒丝开胃，肚条耐嚼，果然是一碗好面。吃了几口，额头上渗出一层细细密密的汗水。

二娘得意地说：“晓得不哇，这是太子面，是大补，干干瘦瘦的人吃了最好。差一点就甩了，要不是王三笋看见，你们就吃不成了。我不会打整，还是他教我的。”

“二娘，你说什么？”

“我说的是你们碗里的东西呀，就是昨晚上跳到水缸里那个宝。在灶膛里烧焦了，我今天早上用火钳夹出去丢哩，被王三笋看见，他说这是好东西，叫我把皮剐了，把肚皮剖开，抠掉肠子，只要净肉，切成细丝，蒸一下就可以吃。说它本来是皇帝的儿子，因为干坏事，被他爹惩罚，才变成这个丑模样。”

“这不是肚条，是癞蛤蟆？”

“是太子面。放心吃吧，我收拾得干干净净的。”

奶牛所吃的和所想的东西都会变成它的奶，我吃了癞蛤蟆，那它也将变成我身体的一部分？这种想法也许不对，可对我来说，这就是真理。我跑到院子边，张开嘴，正好一股风吹来，我没费什么力气就吐了。刚开始还有些畅快，就像从布袋里倒东西，粗粝的东西吐干净后，吐水非常难受，眼泪出来，鼻涕出来，胃还像火里的癞蛤蟆一样又叫又跳。想到那种令人生厌的白色和条状的形象，我恨不得把胃拿到清水里好好洗一洗。

我吐得天昏地暗的时候，二叔吃得津津有味。不是因为面条好吃，他嘴里吃着面，心里无面。他是在吃昨晚上那条所谓的线索。我舀水漱口的时候，他问我：“今晚上它会不会……还爬上那棵树呢？”二娘则在为我吐掉的癞蛤蟆惋惜：“我一个女人家都不怕，你一个男人还怕什么嘛。”作为补偿，二娘把前天晚上剩的糍粑拿出来，它们硬得像石头，但火一烤就变软。我叫二娘别烤了，我什么也吃不下。二娘还是坚持烤了一个，用菜叶包起来，叫我带到路上吃。

和二叔二娘告别后，我去和父母打了个招呼，然后离开村子。我走得很快，开始我没有意识到我有那么快，我还在为那只癞蛤蟆百思不得其解。当我突然发现我的双脚像急匆匆的公狗，好像前面有母狗等着它，我才意识到自己走得太快。我想没有必要这么快，船是定时的，去早了得等上好一阵。可稍不留意，双脚就会自动快起来，并且越来越快，就像连它们也想早点离开半边坡似的。

走到一个叫麻冲的地方，哈卫国把我拦住，跟在他后面的还有七八个人。他们是从树林里突然钻出来的。石有孝扛了一支比他身高长两倍的火枪，装模作样地要着威风，严登才摇着他的马尾巴，像一肚子歪点子的军师。

“你到哪里去？”哈卫国问我。

“回去上班！”

“对不起，在乌人没有找到之前，你不能走。”

“乌人和我有什么相关！”我非常生气，脑子被气蒙了，本想找一句狠话，可没找到一句合适的。

“这不是针对你一个人，所有的人，不管是外面来的还是本村的，在乌人没找到之前，一律不许离开半边坡。”

“你有什么权利这么做？”

“我们为什么没有权利这么做？”

“你就没权利这么做！”

“我们就有权利这么做！”

哈卫国的嗓门没我大，但他低沉的声音像一个自信的暴君。小路在陡坡中间，是一条巴掌宽的独路，路两边荆棘丛生。平时在这里撞见什么人，得屁股贴着屁股，沿地转一个圈才能通过。

哈卫国这个圆滚滚的家伙往路中间一站，就像立了一块专门堵路的石头。

“谁给你的权利？”

“我们不要谁给，这点权利都要别人给，也太可笑了吧。”

石有孝用一种陌生的眼光看着我，他不再是那个勤快的石匠，他已经变成一个固执的枪手，只要哈卫国一声令下，他就敢向别人开枪。严登才则故意东张西望，故意把自己当成一个旁观者，但那副不慌不忙的样子，一看就知道这是他的主意。

“行了，我不和你们瞎扯。你搜！看我包里有没有什么狗屁鸟人。”

哈卫国用放大镜照了照他的大拇指，然后对着我晃了晃，就像鸟人不在包里，而是在我的脸上。他说：“搜完了也不能放你走。因为我们不能确定你用别的方式把鸟人带出去。”

“哈卫国，你欺人太甚！”

“欺人太甚，我们欺负你了吗？”他回头问石有孝和严登才，“他说我们欺负他，我们欺负他了吗？你们说。”

石有孝面无表情，严登才则故作惊讶。他不怀好意地说：“没有打他，也没有骂他，更没人欺负他。”

“就是嘛，我们不但没欺负你，我们还在不停地请求你，请你配合一下，只要鸟人找到了，你想什么时候走就什么时候走。”

“我没有义务配合你。”我咕哝道。

遇到这几个生毛货，硬闯肯定不行，我得另外想办法。

“你把我的工作耽搁了，你要负责！”我说。

“行，我负这个责，到时候你叫你的团长来找我就行，我见过他，一个风都能吹倒的高脚鸡。”

我嘲弄地哼了一声，心想你算什么鸟。

哈卫国侧身指了指后面的人，说：“这是我们刚成立的行动小组，为了全村的利益，我们可以做我们认为有必要的任何事情。现在我是代表一个集体和你说话，我以集体的名义要求你必须留在半边坡。”

我注意到了，哈卫国一直在强调“我们”而不是“我”。这种小小的伎俩最让人讨厌，它让你抓不住要害。

我转身离开。哈卫国大声说：“等乌人找到了，也有你的一份。”

“我不稀罕！”

转过另外一条山沟，还有一条路可以到河边，因为路太险，走的人很少。有一段非常逼仄，石壁上抠了一些石窝窝，只能放下半只脚，得揪住路边的野草才能下去。

多花了两个小时，我终于走到河边。这是一条蓝色的河，两岸山高林密，水流急湍，山和树的倒影融在水中，把水的颜色变深了。我站在离码头两三百米的地方，没看见船，也没看见开船的罗老大。波涛的喧嚣增加了大河的宁静，让我有种不祥之感。正迷惑，突然听见一个声音对我说：“船被他们放走了。”逮住声音，我在树丛中找到了这个说话的人，是那天傍晚在青冈林看见的孩子，他趴在一棵小树上，往下一用力，小树趴下去，差不多匍匐到地上，他轻轻一松，树枝又弹起来。他就这么自在地摇上摇下。“你走不成了，哈卫国他们把船放下去了。”我默算了一下，到镇上二十多公里，走大路四个小时，顺着河边走要十几个小时。但小孩的话让我断了步行的念头。他说：“每座山上都有他们的人，他们装扮成牛，装扮成羊，假装在那里吃草，只准人进来，不准人出去。”后面这句话是小树趴下去后，他勾着头从胯下倒看着我说的，好像他的双胯是一个门，只准进不准出。

“你是怎么知道的？”

“我看见的。”

“你叫什么名字？”

“我没有名字。”

这个回答让我始料不及。

“你是谁？”

“我是我。”

我放下包，不禁有些垂头丧气。我拔了根草叼在嘴上，杂乱无章的思想像某处花里胡哨的墙壁。由墙壁的形象，我想到城市，那个我平时不以为然的地方，此时却恨不得像朝圣者一样走进去。我虽然看不见它，可想到它所拥有的噪声，我也觉得亲切。想到明姜，我隐隐觉得自己有些愚蠢。我没有告诉她我可以把她带走，这不是什么正直或者高尚，其实是害怕她打扰我已经得到的一切。这不仅愚蠢，其实无比自私，这样的人不应该获得爱情。如果明姜此时出现在我面前，我将不再犹豫……小孩还在树上摇，我的思想慢慢转移到嘴里咀嚼的草上面，有点甜，我拿下来看了看，已经不是刚才那棵草，而是一棵茅草的根。我不知道什么时候把它拔起来的，奇怪的是我还把它捋得干干净净。看来，一个人可以分离出多个人，那个嚼着草根的人两个手指头慢慢地揉着太阳穴，一溜涎水在牙齿间闪闪发光，一副愚不可及的样子。与此同时，从他脑里跑来的那个人却在城市里挤公共汽车，在赞美那些他平时厌恶的噪声。另外一个，则在思谋怎么摆脱哈卫国的监控。就这些吗？还有好几个哪，偶尔还会想起明姜的香味——这种香味在记忆里已经似是而非。虽然同时在做几件事情，可这对唯一躯壳而言并不是沉重的负担，因为它一点也不觉得累。哪一个我才是真正的我，这让我惊讶甚至害怕。我刚才碰到的哈卫国，会不会不是真正的哈卫国，而是从他身体里分离出的哈卫国一号、二号、三号？

按理说，我应该对哈卫国产生一点恨，可想到他是从一个躯壳中分离出来的某一个，我一点也恨不起来。当然，我对他也没有怜悯之情。我看见的是物质在聚合、在运动，它们不是在完成什么，而是作为物质的一种应有之仪。这比我所能看见的现实更现实。这使我隐约感到，如果我不是进入到一个更加狭隘的地方，那我就会到达一个无比宽广的地方。

扭头去看树上的孩子，树上没有孩子，树翘首而待，看上去非常安静。不知孩子是在我冥想的时候走掉了，还是他制造了一个幻象，他根本没在树上待过。我站起来，胡乱喊了几声：

“小孩——”

“小孩——”

这个没有名字的孩子没有答应，对面的山答应了。

“小孩……孩孩孩孩孩。”

“小孩……孩孩孩孩孩。”

2

天空飘浮着粉状的尘埃，又黄又亮，给人一种不祥之感。走进坝子，我才发现是那些刚翻开的黄土在作怪。他们为了寻找乌人，像翻地一样把山坡开垦了一遍，天空的黄和亮是新鲜黄土的反光，反光确实存在，可仔细看却又似是而非。我再一次震惊，同时感慨万千，以他们百折不挠的精神，一颗掉了两百年的扣子都能找出来。

但我没看见山坡上或者别的地方有什么人，他们会不会像蚂蚁一样钻到地下去呢？从现在起，我相信什么事都有可能发生。哪怕从天上掉下一头大象或者叮当作响的破铜烂铁。有一年，天上掉下一团火，把村坝里的稻草堆化为灰烬。我一直不相信这事，谁说这事我都报之以轻蔑的一笑，我认定这火不是从天上掉下来的，而是从他们心里冒出来的，是他们心里的迷信之火。可从现在起我不再相信我所学过的知识，甚至不再相信我的眼睛。我是多么希望找到一件可以永远相信的东西，就像朝圣者相信他心中的圣地。可是没有。我相信一枚大头针，这枚大头针便开始生锈；我相信一条小路，这条路便开始改道；我相信一条河，这条河便开始浑浊。

路边小小的野花灰头土脸地仰着脸，小草忧郁地蜷缩着腰，那些躺在浮土上的小石子，因为没有根基而惊慌地等着下次变迁。我想我必须记住它们，记住它们留给我的须臾的形象，因为我已经无法做出分辨，这是可以的还是不可以。

天光引领着村道，村道引领着我的脚，我的脚引领着我，可村子在回避我，就像回避乡音未改而鬓毛已衰的人。这让我惭愧，但同时也坚定了我记住这一切形象的决心。

走到哈卫国家附近，我听见轰然的爆笑声从竹林里传来。不过与其说是在笑，还不如说是笑神经受到刺激后发出的颤音，因为这笑声不是从心里发出来的，而是从身体里发出来。要不要去看看呢，我有些犹豫。正在这时却听见有人哀求道，你们整死我吧，你们整死我吧，整死了还好受点。这个哀求的人接着却又难过地大笑起来。

我本不想贸然卷入不愉快的事，但我的双脚没有答应。

哈卫国家房子掩映在竹林当中，翠竹幽幽的青光沁人心脾，有一种神经质的短促的香味，这往往让人不知所措。

我走进去，拨开人墙，看见白文起被绑在柱子上，赤裸着上身。绳子绑得并不紧，白文起身上也没有任何伤口或者鞭痕，但他完全是一副死去活来的样子。我的脑子里“嗡”的一声。平时走在什么地方，不经意间突然碰上愣头愣脑的古惑仔也是这种感觉。我止住发抖的双腿和嗓子，小声问关长生这是在干什么。

“自己看嘛。”关长生不大耐烦地说，没有看我。他说完后才认出我，立即以一种知错就改的口气讨好地说，“他们在对白文起用刑哩。”

哈卫国用放大镜照了一下大拇指，好像那是一幅微缩的军用地图。那个皱巴的额头的确像指挥若定的将军。他问白文起：“舒服不，要不要再来一下？”

“整吧，把我整死算了。”

“这么说还没舒服够？那就再来一下！”

刑具是一枝小小的荨麻。荨麻，书上的解释是这样的：多年生草本植物，叶子对生，卵形，开穗状小花，茎和叶子都有细毛，皮肤接触时能引起刺痛。半边坡人不是这样解释的，这样解释的人没有见识过真正的荨麻。半边坡人认为荨麻是专门吃产妇经血的小鬼被打死后变成的，只要你碰到它，身上会冒出一片红疙瘩，又痒又痛，没有药可以缓解。如果用它刷人的嘴，嘴会肿得说不出话来。如果用它刷人的下身，会三年生不出孩子，男人那个东西会像铁棒一样发烫，女人那里则会像蒸开花的荞面馒头。

白文起的双手像受难的耶稣一样挂在横木上。哈卫国一声令下，严登才端起一个油罐，像刷漆一样把猪油刷在白文起光溜溜的肚子上，刷好后用荨麻抽打，皮肤上刷了油，荨麻毒不往外面跑，它往肉里面跑，往骨头上跑，痒得他全身难受。白文起咬着牙，但当毒性跑到骨头上，他就再也忍不住了，嘿嘿哈哈，嘻嘻呵呵，啊呀啊呀，荨麻毒像千万条小虫在他的骨头上啃啮着，在那里发嗲，在那里开篝火晚会。白文起欲罢不能，鼻涕和眼泪都笑出来了，开始是没有节制的笑，后面一边笑一边号叫，笑和号叫交替进行，没法分清他是在笑还是在号叫，脸扭得像麻花，眉毛和眼睛挤成一堆，像失去水分的茄子。他笑得越厉害，绳子勒得越深，好些地方浸出血。

哈卫国叫他把何首乌交出来，有人亲眼看见他把何首乌扛回家去了。可白文起坚持说他什么也没见到，他扛回家的是树根，枫树的树根。

每当白文起笑得死去活来，快要断气的时候，他们便停止用刑，往起麻疹的地方泼凉水，凉水是刚从井里打来的。白文起虽然刹住了笑，但身体痉挛起来，这是来自体内的一种痒，外冷内热，冰火两重天。好不容易止住痉挛，正想说点什么，嘴张了张，鼻孔里吹出鸡蛋那么大一个气泡，半透明的，大到极限的时候爆了，软塌塌地盖在那张邋遢的嘴上。围观者嘻嘻笑。他们开怀大笑的次数太多了，已经笑够了，没什么更好笑的了，于是节约力气一般嘻嘻笑。白文起像傻子一样跟着大家一起笑。他本想哭的，可他已经不会哭了。无论他是想哭，还是想说话，表情全都一样，花里胡哨的脸很滑稽也很可怜。

再惩罚下去，白文起会在笑声中没命。但围观的人都没有一个站出来制止，他们事不关己地等待着下文。能够竭力隐藏脸上的幸灾乐祸，这在他们已经是仁至义尽。想到白文起平时的所作所为，他们早就想这么收拾他一下了。

白文起最大的毛病就是爱炫耀。他不是炫耀他的富有，而是经常炫耀他的勤劳。无论天晴落雨，他都爱在地里干活，下雨了，他嘲笑回家躲雨的人，又不是黄泥巴做的，雨淋一下就垮。恶太阳晒得脑门发烫，他胸有成竹地冷笑，我不相信太阳能把人晒化。别人感冒了，浑身发软，什么也不想干，他说：“懒病！人啦，最爱得的病就是懒病。”他不光勤快，手也很巧，家里的小型用具他都是自己做。木匠石匠铁匠的工具他全都有，就连厨师的剔骨刀他也有，这可是极不常用的东西。有人想配一把钥匙，或者箍一个水桶，给他说一声，他一会就能办好。他说，人只要勤快，什么办法都会有，小东小西的根本用不着上街去买，全都可以自己做。这是他小小的自负，可说出来，别人却觉得是对他们的指责。所以他给他们做这样那样，还借给他们工具，可他们并不领情。嘴上不停地感谢，心里却很不舒服。尤其是想到他手那么巧，就嫉恨得要命，再想到他总是那么勤快，不由牙痒痒的，恨不得咬他一口。

白文起的毛病还是祖上遗传下来的。他的祖父，一个只有三尺多高的小个子男人，比蜜蜂和蚂蚁还勤快。每当农闲的时候，他就把半边坡的皂角百合干笋子干菌子挑到城里去，换回一串叮当作响的铜钱。他把这些铜钱埋在床下的罐子里，过不了几年就掏起来添一块地。到他六十岁这年，他的勤快却成了笑料，因为他的地宽，被划成地主，一旦村里要演戏，就先把他拉来批斗一番，直到揍得他鼻青脸肿，然后才演正戏。但他并没因此吸取教训，在地里干活的时候，还在用他六十岁以前的经历气人，见谁偷懒，他便用他挑土特产进城的艰辛教育别人。这还是在炫耀，炫耀他从没懒过。在下次批斗的时候，这又多了一条罪状。

有一次大搞农田改造时，白文起的父亲说这片坡地是他父亲挑了三年土特产换来的。为这句话他被揍得死去活来。万变不离其宗，白文起长大后还是这副德性。平常间，他们对他的态度并不相同，一派宣称做人就应该像白文起那样，人勤事不懒；另一派则不肯苟同：就他娘的勤快，别人都是懒汉？到了可以收拾他一下的时候，他们的意见却高度地统一起来，都有一种置之死地而后快的愿望。这几天他和大家一样，也到山上挖何首乌，别人挖了也就挖了，偏他勤快惯了，还要把挖起来的树根扛回家，树根干了可以当柴烧。

哈卫国用他的放大镜照了照白文起的脸，检查白文起老实的程度占多少，同时也要看看，他是否经得起再次用刑。我希望他的放大镜能让他良心发现，白文起再也经不起折磨。谁知我一开口，反倒害了白文起。我走上前去，对哈卫国说："快把人放下来，别出人命。"

哈卫国用放大镜看了我一眼，对我没离开半边坡表示满意。他说："一会就放，只要他说出乌人藏在哪里，我马上放。"

"你有什么权利这么做？"

这话我今天第二次问他，这让他很不高兴。他说："我这是为了大家，不是为我自己。"

"你这是犯法！"

哈卫国煞有介事地看了其余的人一眼，打了两个难听的哈哈。他说："他说我犯法，你们说好笑不好笑？我又不是为自己，我犯什么法？告诉你曹立，即便这是犯法，这个法我也要犯一回。为大家的事犯法，我什么也不怕！"

我的话激怒了哈卫国，但他不好发泄在我身上，他对严登才说：

“拿荨麻来，我看这人皮实得很，还没笑够。”

这次哈卫国亲自刷猪油，把油刷到白文起的腋窝。刷完后轻蔑地看了我一眼：“我让他笑，没让他哭，让一个人笑难道也犯法？”

荨麻还没拿来，不知从哪里窜出一条狗，这条狗被猪油的香味吸引，一下跳到凳子上，在白文起的肋骨外咬了一口。这个地方不好下口，狗歪着头，尖利的狗牙横向切破皮肤，肋骨露出来，刚开始伤口是白的，停滞了片刻鲜血才像花一样绽放，然后才长出花萼、茎和叶子，都是红色的，无比鲜艳。

“啊——”

围观者发出赞叹，然后才是指责。

“把狗招呼好呀！”

已经神志不清的白文起突然清醒，痛比痒舒服多了。严登才一拳把狗打滚下来。旁边人忙撕掉一块衣服给白文起缠上。白文起以为还要给他用刑，他忙哀求道：“不要了不要了，我说，我什么都说。乌人是被我拿走了。”

绳子解开后，白文起像泡在水里的泥菩萨一样瘫在地上。

哈卫国叫石有孝去扛一架梯子来。他们用这架梯子做担架，抬着白文起回家去找乌人。几条饿得嗷嗷的狗紧紧跟随担架，嘴里不停地淌着哈喇子，它们不时跳起来，还想再结结实实地啃上一口。

3

接下来的事更加出乎预料。行动小组在白文起家没找到何首乌，但他们不能再对白文起用刑了，白文起身上的狗毒荨麻毒同时发作了，半边身子肿得发亮，痛得满地打滚，见到什么就抓起什么往头上敲，敲的劲越大越舒服。痛得厉害的时候他像狗一样汪汪叫。若是手里有刀，也有力气，他会毫不犹豫地把自己脑袋割下来。家里人把他绑在床上，他把这张床背了起来，像暴徒一样把墙壁撞倒。毒性过去后，他全身冷得发抖，盖八床被子也不顶事。他请求家里人给他一个痛快，他不想活，活着太难受了。

他弟弟白文太一边假意骂哥哥自杀的举动可怜又无聊，安慰他叫他不要胡思乱想，他已经安排人去采曼陀罗来止痛，找蛇含草来疗伤；一边难过地想，哥哥怕是没救了，嫂子就要变成寡妇，两家人的重担从此要同时落到他一个人的肩上。白文起的女人毫无主见，一切全听白文太的。脑子和嘴稍有空闲，便狠狠地骂那个举报白文起扛树根回家的人。她不去骂哈卫国，不去骂荨麻，不去骂那条狗，却追根溯源自以为是地骂着那个乱嚼舌根的人。边骂边进一步发挥，说乌人被这个举报人抱回家了，他为了转移视线才反过来陷害栽赃。刚开始，她是在凭女人的直觉和任性泼浑水，当她发现这里有潜力可挖后，她便欢快地发挥她的想象力，说乌人被那人抱回家后藏在被窝里，他女人像搂儿子一样搂着它。她装病装了好几天，其实根本就没病，其实是在陪何首乌睡觉。

行动小组并不相信这个女人的话，但白文起的伤那么重，他们得找台阶下。白文起痛苦的呻吟甚至使他们内疚了，使他们冒出要替白文起平反昭雪的念头。

哈卫国对白文起的女人说，等找到何首乌，会多给他们一份。白文起的女人激动得说不出话来。可当哈卫国离开后她才发现吃亏了，应该多给两份才对，因为有一份要用来给白文起支付医疗费。

举报人看见哈卫国和行动小组，知道大难临头了。刚才给白文起用刑他看见了，笑他倒不怕，他怕那狗也咬他一口。他站在院子边，吓得说不出话来。

哈卫国问他怕不怕。他打了个哈哈，说我怕什么，到天上去我也不怕。他的脸色苍白，可他还笑出声来。哈卫国说，我没有怀疑你拿了乌人，但有人说你拿了，不让你交代一下不行，在别人面前说不过去。举报人顾全大局地说，我懂。

没过多久，哈卫国家院子里便响起令人不知所措的笑声。一些不知究竟的人往哈卫国家跑去，张着嘴，跑几步，然后快走几步，就像好戏已经开始而自己迟到了一样。当这个举报人笑得生不如死的时候，他觉得让狗咬一口反倒是福气，就这么让他笑，把肠子都快笑断。

我走了，笑声从背后传来，听上去含混不清。

在一块菜地边，我碰到严登才的女人。她端了个青花碗，碗里有几根棒豆。她的胸前粘了一张棒豆叶。这种叶子上有许多透明的小刺，粘在头上和衣服上都很容易。我不知道她是无意中粘上去的，还是故意这么做，这张棒豆叶为她增加了几分妩媚，使皱巴巴的白衬衫多了一分雅致。她已经四十多岁，丰满的体态使她风韵犹存。那只青花碗和碗里的棒豆让她脱掉了不少俗气。不过一看就知道，她不是专门来摘棒豆的。她红着脸，两片微微向外翻的嘴唇胀鼓鼓的，有些贪婪，还有些许不安和挑衅。

她说："你吓了我一跳。"

我抱歉地笑了笑。她全身热烘烘的，我闻到一股热烘烘的气味。我想我怎么也得问候一声，可我什么也说不出来。

正在这时，棒豆架之间又拱出一个人，还没完全拱出来，发现我站在外面，忙调头倒回去，慌里慌张的，把豆架推倒了不少，但越是慌越是走不快，棒豆藤不是缠住他的脖子就是缠住他的腿，故意和他作对似的，这让他很尴尬也很恼火。

女人骂道："背时鬼，把那么多豆藤都扯断了！"骂完却又嘻嘻一笑。

我一下明白了，他们刚才在里面干什么。这下轮到我害臊了。我认出那个男人。他让我有几分失望，觉得他的长相没有我想象中的那么潇洒。

"地太干，棒豆越结越少。"女人说。

"是啊，早该下雨了。"

"曹立，今天到我家来吃饭吧，你长这么大，还从没到我家里吃过饭哩。"

"今天不去了，改天来。"

"一定来啊。"她放低声音说，"我煮好吃的给你吃。"

她笑着，端着那几根打掩护的棒豆走了。从她一扭一扭的屁股就可以看出，她是多么满足和幸福。而我这才发现自己刚刚出了一身大汗。我心里想，我不会去的，我怎么会去吃她的饭。可同时另一个声音却又在说，吃顿饭有什么不行的？不就吃顿饭吗？如果我没有离开半边坡，我像其他人那样在这里生活，那个和她好的人会不会是我呢？虽然我比她小十多岁，可这并不能成为障碍啊。这时一下想到明姜，我叭叭地吐了好几口口水，就像可以吐掉心头的不洁似的。

我没去二叔家，我去了父母的家。我不知道为什么会做出这个决定，当我快走到父母家门口，才发现我的脚没和我商量但心领神会地把我带到了这儿。我同时还发现，虽然我和二叔在一起的时候多，可是最近这几年，我梦见父母的时候却要多得多。我的父母，他们是让艰苦劳动活剥了的父母，他们辛辛苦苦地劳动，却从没有过上富裕的生活，尤其是母亲，她活着的唯一目的就是为陆续出生的儿女操劳，为同样勤俭但碌碌无为地活着的父亲操劳。我常常想，如果允许的话，她用不着生那么多儿女。要知道，我们虽然腿短，但肚子可不小，饭量不比那些高脚鸡似的人小。说不定饭量更大，因为身体重心偏低，胃受地球的引力大，消化能力强。想到母亲在比她高两倍的玉米地里干活，我心里就不是滋味。

我进屋时，母亲正在煮牛饭。这种用谷糠和玉米面混合而成的食物猪都不爱吃，狗更是闻一下就调头，对牛而言却是燕窝鱼翅。她用长长的锅铲翻着牛饭，以防玉米面煳锅，她那带了几根银丝的、稀疏的、浅灰色的头发有些凌乱，她把它们编成一根鼠尾似的辫子。她干活的时候这辫子几乎没动。如果是年轻姑娘，是会抖个不停的。这根难看的辫子让我鼻子发酸，我的母亲已经老了。

我妈对我的到来非常意外。我告诉她为什么没走成，她焦急而平庸地说："那怎么办呀，等你爸爸回来后叫他去说说，别把你工作给耽误了。"我说不用，我自己想办法。我妈以揶揄又无奈的口气说："你爸爸也给哈卫国当追山狗去了。""哈卫国叫他去，他不去也不行，不过他们这是瞎折腾，不会有结果的。""他们说你见过你二叔那个乌人，你见过吗？""我看见过一次，哪有他们说的那么值钱，不过是有些年头的何首乌，长得像人而已。""他们说它装扮成一个白面书生，从你二叔家地道逃走了，去找那个母的去了。"我皱着眉头，什么母的呀，说女的不行吗？若真是一对，倒也够浪漫的。我甚至愚蠢地想，我就是那个乌人，我将和女乌人一起，自由自在地在泥土里游泳，我们时而牵手，时而追逐，我们的笑声将洒满山林水泽。那些想抓到我们的人永远是痴心妄想，我们幻化无穷，即使站在那些贪婪鬼身边，他们也看不见我们。我欢快的想象被一只莽撞的小牛犊打断，就像淙淙流淌的水被突然切断一样。

门是半掩着的，牛犊一头撞了进来，干燥的门轴咕嘎地响了一声。这是一头瘦骨嶙峋的牛犊。它不是四肢着地走进来的，而是后脚着地，抬起前脚，用蹄子拍打着胸脯走进来的，进屋后才将前脚放下。我捞起火钳，准备把它赶出去。我妈忙制止我："曹立，这是你爸爸呀。”一个不祥的念头极快地蹿上来：我爸爸死了，变成了一只小牛犊。可同时却又想，我听错了，我妈说错了。小牛犊歪斜地坐在凳子上，我妈走过去，这下我看清了，牛犊的肚子上有一排扣子，我妈去解那些扣子。这些扣子五花八门，大小不一，颜色各异，有黑色的白色的红色的，一看就知道是我妈从旧衣服上摘下来的，对于一件临时性衣服，显然不值得花钱去买新扣子。脱下牛皮后，父亲露出真面目。我总觉得他不是脱下牛皮，而是从牛肚子里生出来的。这张牛皮对他来说太大。爸爸得意地笑了笑：“连曹立都没认出来呀。”“像真的一样，哪个认得出来！”“你注意看，会摇尾巴的都是真的，不会摇的都是假的。”他把牛皮挂在柱子上，珍爱地用刷子刷了一遍。我和他一起把热气腾腾的牛饭给真牛抬去，这是一头黄牛，挂在屋里那张牛皮就是它生下的牛犊死后剥下来的。

回到屋里，我对父亲说：“你那么听哈卫国的话，要是找不到那何首乌怎么办？他拿什么给你？”

父亲说别人都去，他不去也不行。我不客气地说，别用这话来搪塞，其实你自己也想要。父亲说，好东西谁不想要啊。我冷笑道：你得不到的，你们得不到的。父亲挠了挠头皮，谦虚地说，得不到也不能放弃啊，用了心用了力，得不到就算了；不用心不用力，自己对不住自己啊。我故意问，如果我在山上碰到他，他会不会放我过去。父亲尴尬地笑了两声，说，我当然会放你过去，可我后面还有其他人啊，哈卫国设了十二道关卡，他们是不会放你过去的。我忍不住连讥带讽地说，这么说你知道哈卫国不准我走喽？父亲避开我的眼光，辩解道：他没专门说你，他说所有的人，在乌人没找到之前，所有的人都不准离开半边坡。我忍不住吼起来：“你们疯了，我看你们全都疯了！”父亲脸色苍白，他不想和我吵，他压抑住自己的声音，说：“曹立，不要以为你见过世面就可以对我们指指点点，半边坡人有半边坡人的活法和做法。”我妈忙插进来：“好听咧好听咧，两爷崽吵架，好听咧。曹立，你饿没有哇，我马上煮饭。”然后对父亲说，“在山上转了一天，还没饿呀，还有力气吵架！”我难过地说：“爸爸，对不起，我错了，我太激动了。”父亲别过脸，流下两行清泪。他摇摇头，“不要紧。”他说。我的眼泪也滚下来，但心头的话我必须说出来。我说：“我不应该对你大喊大叫，不过我总觉得你们没有必要这样做，这样做不会有任何收获，即便找到乌人，谁又敢说它真的价值连城，这不过是个传说。你还记得掏岩老鼠屎吗？当时传得多玄乎，说岩老鼠屎比朱砂牛黄还贵。结果怎么样，我和你都去掏过，吃了那么多苦，掏了几十斤，最后不过是个笑话。”我妈正在刷锅，她停下来，不平地说：“是呀，哪有那么好的事情，你以为哈卫国真会给你什么好处，哪次有点什么好处，不是他们村干部占尽了再把剩下的须须给你们这些人？”

父亲默默地卷着烟，慢条斯理，我想他也在回忆掏岩老鼠屎的事情吧。想起掏岩老鼠屎，我心里倒有几分温馨。那是家里最困难的时候，每顿饭里都有一半是薯片或者麸皮，有时候薯片已经发霉，全是黑点。就在人人磨骨头养肠子时，突然间得到一个振奋不已的信息，说岩老鼠屎是一种名贵药材，值钱得很。岩老鼠就是蝙蝠，它们白天栖息在山洞里，晚上出来活动。开始大家还将信将疑，当有人一碗一盆地往家里藏，就再也没有人沉得住气。爸爸带上我，打着火把，提着口袋。在夜晚来临的时候去山洞里搜寻。白天不能进去，把岩老鼠惹生气了，它们会群起而攻之，咬你的脸，咬你的耳朵。我和爸爸行动迟了，山洞里比扫帚扫过还干净。我们只好搭梯子拴绳子，去危险的地方找。逼仄的地方他去不了，就让我去。有一次我们坐下休息，他抽着叶子烟，慈爱地看着我，说等卖了岩老鼠屎，他要给我们每个人一块钱，自己到镇上去，想买什么就买什么。当时一毛钱就可吃一碗大肉面，我长那么大只吃过一次。对一个八岁的孩子来说，这诱惑是不言而喻的，掏岩老鼠屎的时候，我比爬山猴还勇敢。岩老鼠屎和家老鼠屎的颜色和形状都差不多，在干燥的洞穴里风干后像石子一样硬。当我找到一窝的时候，没觉得这是屎，而是一窝乌黑的金子，夹在岩缝里的都要抠出来，爱惜每一粒，珍惜每一粒。洞里光线不好，头上碰了不少青包，膝盖也被磕破了。有时候这个包还没好，在倒悬的钟乳石上又来一下，痛得泪花花转。不知为什么，受过伤的地方总是容易再次受伤。不管多么疼，只要看见那里有岩老鼠屎，擦干泪就会咧开嘴笑嘻嘻的。后来，人们把这些岩老鼠屎背到镇上，才知道一钱不值。先背到镇上去的人没找到买主，还被镇上的人耻笑了一通，不好意思背回来，悄悄倒在什么地方，回到半边坡，别人问起来，什么也不说，神秘兮兮的，像赚了大钱一样。直到所有的人把岩老鼠屎背到镇上去倒掉，还是没人说，就是不说破。

除了掏岩老鼠屎，我们还养过蚯蚓。掏岩老鼠屎后第三年，有人说蚯蚓是一种营养很高的东西，说大城市的高级饭店里，要有权有势的人才能吃到。因为半边坡人也吃这玩意儿，都觉得肯定不会有诈。于是家家户户都养蚯蚓，养到后面卖不掉，往地里乱倒，遍地都是，深更半夜都能听到它们湿漉漉的柔软的身体相互磨蹭的声音。

父亲笼罩在浓浓的烟雾中，想什么想不清的时候，他就把自己笼罩在烟雾中。母亲割下一块腊肉，她说，以前一头猪吃到春耕就吃完了，现在就她和父亲，吃到年底都吃不完。儿女们长大，像鸟一样飞走了。

“白文起被狗咬伤了，骨头都露出来了，这样下去会出人命的。”我对父亲说。我追寻着他的眼睛，想了解他对行动小组的看法。哪怕他轻轻咳一声，我都会把他当成他在替他们辩解，我会毫不留情地将他的目光碰回去。可他没有，他一如既往地吧嗒着烟，连呼出的烟雾徐徐扩散的形状都没有改变。

“半边坡的人的心，和别的地方的人是不一样。”我讥笑道，“像废铜烂铁一样固执，也像废铜烂铁一样愚蠢。”

父亲取下烟杆，他没说话，只吐了一口痰，又把烟杆塞了进去。正当我以为他什么都不会说的时候，他却取下烟杆。他自言自语地说：“那年掏干净那些岩老鼠的屎后，好像岩老鼠变少了，没以前多。”

“大概是发现环境不对，跑了，飞到别的地方去了……这几天半边坡被挖得乱七八糟，说不定也有什么东西要从半边坡跑掉。”

“严得光挖到一窝天麻，全是空壳壳。”父亲说。

“天麻要在清明节以前挖，要挖还没长起来的梦麻。”我妈说。

我明白了，父亲这是顾左右而言他，内心的坚定信念不曾有半点动摇。既然如此，我什么也不必说，与其说些冲话狠话来伤害他，还不如就让他像其他人一样，去做他们的美梦，反正这对他来说也谈不上什么损失。

我妈准备摆饭，我跳起来去帮忙。吃了这顿饭，天就要黑了，我想趁天黑溜出去，走快一点，天亮的时候就可以到镇上。妈问我要不要喝点酒，我说不喝了。我妈说，陪爸爸喝一点吧，他好久没喝了。爸爸这时轻松并高兴起来，他说，这酒已经放了两年，还是我两年前过春节拿回来的。他进屋去拿酒，顺便把那件外套似的牛皮带到了里屋。

正在这时，外面有人叫我，声音不高，但很清晰。我拉开门，看见明姜远远地站在大樟树下。茂密的樟树叶子遮住了傍晚的天光，使她的形象有些模糊。

4

明姜向我招手，很焦急的样子。我妈在我背后问，是谁呀，叫她来一起吃饭吧。我小跑过去，凭气味我却认出是明黄。

“什么事？明黄。”

“是你二娘叫我来了，她和你二叔吵架了。”

“为什么事吵，他们？”

“因为你啊。”

“因为我？”

“快走吧，去了就知道了。”

我踅回去向母亲说明情况，我妈生气地跺着脚：“雷公都不打吃饭人，你让他们吵吧，吵架死不了人！”

我没解释，抓起包就跑出来。

明黄说，刚才二叔回到家，对二娘说，有人说何首乌是曹立拿走的，要不然他不会急于回去。二娘替我辩护，结果他们吵了起来，越吵越凶，二叔扬言要揍二娘，二娘则说她早就不想活了。我越听越气：“怀疑到我头上来了，他们的脑子里注水了吧？”明黄说：“你天天和他们在一起，还说只有你见过，别人怀疑你也是情理中的事呀。”明黄像是在开导我，可我听出来，她其实也在怀疑我。我心里像打翻了五味瓶，你可是明姜的姐姐啊，明姜肯定不会这样想。我轻蔑地问她：“你呢？你感觉是不是我偷的？”明黄闪烁其词地说：“没人说你偷。”我想讽刺她几句，可脑子里没有一句话符合我的要求。我想，别看外表那么相像，和妹妹的区别可太大了，简直是截然不同，是嫁到半边坡才这样的吧？不过从小就和妹妹不一样，一个让人讨厌，一个让人喜爱，因此养成了庸俗不堪的性格也说不定。

我气呼呼地想着，不一会就到二叔家。

明黄没和我一起进屋，我在气头上，也没管她，她径直回家。事后我才知道，二娘根本没有请她去叫我，是王三笋支使她去的。

屋子里静悄悄的，没开灯，就像屋子里没人一样。我以为门是关紧了的，不料用力一推，“轰”的一下撞开了，把钉子上挂的什么东西都震掉了。拉开灯，看见二叔犟着头坐在一边，二娘则靠在灶头上站着。突然间射出来的灯光刺得他们直觑眼睛。激烈争吵后的痕迹还留在他们脸上，二叔那张脸就像被铁手搓揉了一把，此时正在慢慢恢复。我本想讥诮地大声说“二叔，小偷回来了。”但撞门的尴尬抵消了我的部分怨气。

我问：“二叔，怎么了？这是。”

二叔没料到我会突然闯进来，他明知故问地，同时多少有些羞愧地瞧了瞧我：“你不是走了吗，怎么又回来了？”

“我哪能走哇，哈卫国不准我走。现在连你也怀疑我，我更是不敢走了。”

“你这是从哪里来？”

“从父母那里。”

二娘冲我使了个眼色，意思是叫我不要激怒二叔，但我不能容忍他们无中生有地诬蔑我。二叔没有看我们，但从他的脸色上可以看出，他知道二娘冲我使了眼色。

“曹立，我没有说你偷乌人，”二叔以意外的平和的声音说，“我真的没有怀疑你，是别人在怀疑你。我回来的时候，无意中听他们说，曹立才是最大的怀疑对象。”

“那你信吗？”我生气地问。

“你吼什么！”他蓦然地提高了声调，连腔调也变了，“我说了，我从来就没有怀疑过你！你这么逼我，反倒要改变我的想法了。乌人不见了，所有的人都是怀疑对象。乌人藏在什么地方你最清楚，我还带你下去看过，晚上在同一个屋檐下睡觉的，只有你、我、她！我们三个人，把你列为最大的怀疑对象，我看也没有冤枉你！”

“天哪，二叔，你这是什么逻辑？我看见过就是最大的怀疑对象？当时是我主动要去看的吗？是你自己带我去的呀。到现在为止，我根本就不相信什么狗屁乌人价值连城。告诉你，送给我我也不要，你把我当什么人了。”

我的声音震得瓦片窸窣响，这正是我想要的效果，但同时把自己的脑袋也震得麻乎乎的。我恨不得有一大捆钱，狠狠地向他砸过去，然后扬长而去。

二娘突如其来地舀了一瓢冷水在锅里，哗啦哗啦地刷起锅来，好像眼前的事和她毫不相关。想到刚才她替我辩护过，我意识到我的话过了点，同时也想请她替我说句公道话。我缓和下语气说：“二叔、二娘，我知道你们疼我，我也把你们当亲生父母一样看待，我怎么可能做那种事，你们不相信我，你们也应该相信你们自己嘛。”

二娘没回答，继续刷她的锅。

“太可笑了，真是太可笑了。打电话回来叫我写什么信，最后却落得个小偷的帽子戴在头上，叫人想不通啊。”鼻头一酸，真想大哭一场。我发现我一旦气昏了头，就会变成一个婆婆妈妈表达能力低下的半边坡人，而不是一个在城里混过多年的见多识广的人。此时，我像一个去国外多年的老人突然说起故乡的土话。这个发现让我费解，也暗自吃惊。

二娘在灶沿上拍了一下刷把，终于开口了。她说：“你想不通，我才想不通哩曹立。他一回来就朝我吼，我做错什么了？整天在家里做牛做马，没有功劳也有苦劳呀，一回来就对人家凶，人家不是人啦？就是猪呀牛呀，吼大声了怕也有感觉嘛。那么大一个人，又不是奶娃，我时时都可以抱在怀里，什么时候喝水，什么时候屙尿，我怎么知道！硬是气死人，越想越气！算了，饭也不煮了，反正已经变成畜生了，吃屎就行了，用不着吃饭！”

二娘气得把刷把摔在锅里。

我听出来了，二娘话里有话。同时我隐约感到，她刚才并没有替我辩护，而是在替她自己鸣不平。我叫她慢慢说，是怎么吵起来的。

“我刚从地里回来，背了一大捆猪草，他看见我就大发雷霆，说我不分轻重，连该干什么都不知道，说那么贵重的东西丢了不着急，还有闲心养猪！你说气人不呀，那些猪已经养了半年，都已经成半大猪了，难道饿死它们！曹立，你说，我什么地方做错了。”

“二娘你没错，还有呢？”

二娘看着我，犹豫了一下，同时瞟了二叔一眼。只有把话说明白，才能清楚到底是谁的错，我叫她继续说。

我和二娘说话的时候，二叔细心地拈着衣服上的狗毛，好像此时此刻，那些狗毛远比他伤害别人的话更重要。

“他问我，晚上注没注意你起来解手或者喝水，解手喝水的时间长不长……”

“我明白了，二叔怀疑我假装起来解手，然后偷了何首乌。二叔，是不是这样的？你对二娘发火，是怪她没有好好监视我！”一种恶意的、难以抑制的快感使我激动起来，我轻蔑地笑道：“我什么时候成了小偷？我在你心里是这么卑鄙下贱的人？二叔，你说话呀。”我想死在他们面前，用生命来表白，可这似乎有点愚蠢。

二叔停止拈狗毛，看着我，宽宏大量地从头看到脚，然后才开口。他说：“我刚才就说过了，我没有说你是小偷。半边坡的人也没有说你是小偷，只是怀疑，怀疑一下有什么不可以。你也可以怀疑别人，怀疑我，怀疑你二娘。别人说你的时候，我还骂他们，我说他们是放狗屁。可他们的话也不是一点道理都没有。这我刚才已经说过了。乌人藏得那么好都丢了，我这几天气得觉都睡不着，你二娘像什么事也没发生一般，我越想越气，忍不住说了她几句。人在气头上，说出来的话不中听，难免伤人……我说三个大活人睡在家里，乌人丢了都不知道——我说的是三个，也包括我啊——真是太没用了。心头不舒服，说几句也就过去了，她闭嘴也就没事了嘛，可她叽叽喳喳地和我吵，说什么不是我的保镖。我说你不是保镖难道你是吃干饭的，她说我做牛做马像用人一样服侍你，还说我吃干饭，说我曹刚丘你太没良心了。我说曹立晚上起来喝水屙尿你都不知道，不是吃干饭的还是什么。越扯越远，越吵越凶，到后面收不住嘴，乱吵一通。吵架过程就是这样的。是不是这些？你说。”

二娘没点头，也没有吭声，但我知道二叔说的是实话。

“曹立，说句你不爱听的话，乌人真要是你拿走了反倒好，反正我都是要给你的。我和你二娘快六十的人了，黄泥巴都掩到脖颈了，再富贵再安逸的生活，我们还能享受多久？无灾无病多活几年，要是命短，哪天一蹬腿就去了。那天我一时糊涂，说想当什么村长，当村长干什么呀？说这种话，肯定是被鬼怂恿了。几十年都过来了，莫非老了还有官瘾？把剩下的日子平平安安过下去，不也是一辈子吗？没多少活法了……即便活着，也无非是多穿几件衣裳，多吃几顿饭，就是天天山珍海味，也只有那么大一个肚皮。曹立，别人怀疑你，你受了委屈，就问二叔把你当什么人，娃呀，这话真叫我伤心，真叫我伤心啊。”

二叔越说越难过，用沾满狗毛的手抹起眼泪。他弯腰坐在凳子上，苍白的脸皱出一副笑容，仿佛他现在不但非常痛苦，还痛苦到了绝望的边缘。

二娘也伤心起来，她说：“还是亲生的好呀，不是亲生的，再怎么好都养不到家。”

她这是指责我刚才没来这里，而是先去了父母家。这个小小的指责此时算不了什么，但二叔的话让我后悔莫及。是呀，即便二叔怀疑我，我也不应该那么质问他，我怎么就忘了他对我的爱是那么真诚，是那么无私，我哪里用得着说那么多蠢话。我犹豫着，要不要跪下给他认个错。这时他又说开了。

他说：“既然话已经说开，那我索性再多说几句。我早就看出来了，你并不相信那个东西值钱，虽然你看见它的时候也不得不承认它确实是稀罕之物，可当它丢失后，你不是和我齐心协力地把它找回来，而是漠不关心，像丢了个旧鞋圈一样。我恼火的是，你二娘也这样想，你们都这样想，把我当成疯子。不过，我也真的快疯了。当我感觉马上就要发疯的时候，披着那张狗皮反倒好受些，披着狗皮我就是狗，不再是人，这就是为什么我越来越爱披它的原因。刚丢失那天，我觉得一定能找回来，并且下定决心要把它找回来，我觉得它离我并不远。但这么多天过去了，我已经开始绝望，我觉得它离我越来越远了。在这么困难的时候，你们不但没有想到帮我，反而来气我，来质问我把你们当什么人。曹立，你知道我心里有多难受吗？”二叔凄切地笑了一下，仿佛已经肝肠寸断，整个身心已经化成了齑粉。

我不得不承认，他的分析太透彻，一针见血地戳到我的心坎上。到现在为止，我的确没把人模人样的何首乌当作稀世珍宝，我觉得这一切不过是胡闹。

我说：“对不起，二叔。你说得对，我一时糊涂说了那样的话，请你原谅。我劝你别再找，丢了就丢了吧，就当从没有过。你们现在过得好好的，我也过得好好的，我们不是非要有它不可，平平安安地过日子多好哇。”

二叔摇摇头，还沉浸在自己的忧伤和绝望中。

这时，我发现窗户纸上有一个黑色的东西闪了一下，当我仔细瞧过去时，这个东西消失了，我意识到这是一只眼睛。我一跃而起，拉开门跳了出去。人还没跑远，好像是王三笋，但也不一定。我追到院子边，捡了块泥巴掷过去，泥巴团飞到一半就散开了，没有一粒砸到他头上，他得意地回头瞟了一眼。我看不见他的脸，但我感觉到了他的得意。这把我惹火了，我拔腿就追，他没往家跑，而是拐到田埂上，朝石有孝家那边跑。田埂太窄，他张开双臂，一上一下起伏着，像要飞起来。我没跑几步就滑倒，骑在田埂上，一只脚踩进稻田，灌了一鞋窝泥水，还啃了一嘴泥。为了不让他笑话，我没事一般爬起来，朝他又追了几十米才倒回来。

我心想，我的表现二叔还算满意吧？如果他找一张狗皮叫我披上，和他一起出入黑夜，我去不去呢？

远远地，我看见有两个人跌跌撞撞地往二叔家跑去，看样子出什么事了，顿时有一种不祥的预感。

5

刚刚进屋的两个人是我的父亲母亲，我在屋子外面就听出他们的声音。我妈问二娘怎么还没吃饭，二娘说吃什么饭，吃气都吃饱了。

我钻进屋，看见父亲和二叔正在小声商量什么，我妈则和二娘有一句无一句地说着话。很显然，父亲和二叔是在说正事，我妈和二娘则是故意说给偷听的人听的——保不准房子后面支棱着好几双耳朵哩。

父亲看见我，忙向我招手。我迎面过去，他却两步跨上来，把门关好，并插上插销。

“哈卫国的行动小组一会就要来了，他们要抓你去受刑！”父亲对我说，“今天他们已经给二十多个人用刑了，只要有人揭发，哪怕仅仅是怀疑，不管真假都要被捉去笑个半死。有些人怕落到自己头上，就乱揭发，像疯狗一样乱咬。那些先受刑的人为了报复，也信口乱说。可现在他们很多人都在说曹立，说曹立才是第一个怀疑对象。我看不能再等了，要么藏起来，藏在没人能找到的地方，要么马上离开半边坡。等他们来把你抓去，就不光是用狗舌头挠痒痒了，肯定会用重刑，因为你的嫌疑太大。”

我气不打一处来，但并没有暴跳如雷，而是平静地冷笑道：“怕什么，叫他们来吧，来一个劈一个，我今天倒要看看，是他们的脑袋硬还是我的斧头硬。二叔，把斧头给我。”

父亲忙叫我住口，他几乎是生气地说：“现在全半边坡的人都怀疑你，你劈得了那么多？”父亲压低声音，说，“刚才他们把马有德整死了，马有德一点都不皮实，狗舌头一挨他的肋巴骨他就笑昏过去。他们把他爆米花的转转锅拿来，在他面前‘轰隆’地爆了一锅也没把他震醒。”

“整死人了？整死人了他们的好日子也到头了！”

“这下不敢整别人了吧？”

“什么不敢，他们整得更凶了。他们说，马有德不是他们整死的，是他自己笑死的，在场的人都可以作证。如果他们不继续整人，那就说明他们的做法是错误的，为了证明他们的做法是对的，他们要一直整下去。照这样整下去，不光是曹立，我们都逃不脱。你们还记得吗？饿饭那年，村里一袋谷种不见了，不是把所有的人都拿来审问了一遍？连刘昌明八十三岁的老妈都审问了，说她嘴巴整天都在动，一抖一抖的，像是在吃什么东西。拿棍子抽她，把她的脸抽破了，眼睛都差点抽瞎了。人老了，嘴哪有不动的，想停也停不住。”

“那时候不是哈卫国，是哈卫国他爹，子承父业，狗日的子承父业，比他爹强多了，他爹只晓得用棍子打人，哈卫国什么花脚乌龟都想得出来，他从来不打人，可收拾起人来比用棍子还厉害。”二叔说着点了点头，甚至还笑了一下。

“那么多人就心甘情愿让他整？就不晓得起来反对？这是怎么回事，难道都这么胆小，都这么贱？”我按捺不住满腔怒火。

“有什么办法呀，一直就是这样的。”我妈轻声说，她的表情却是深信不疑的。

“那他自己呢？他可以审问别人，谁来审问他？”

“等到所有人都笑疯了，我看最后也该轮到他自己了。”

“别扯远了，永远不会轮到他自己，你什么时候见过那些整别人的人倒霉过。”父亲用那种既想说服别人但又焦急不安的声音说，“他们就要来了，还是快点想个办法吧。”

“让他们来吧，我不怕。”

“先藏起来吧？找个地方藏起来。”二娘说。

“我的意思也是藏起来，可他二叔说乌人藏在地道里都丢了，这屋子根本就没有藏身之处。要离开半边坡，每个关口又都有行动小组的人，是出不去的！刚丘，有没有别的办法？你快说呀！”

我妈和二娘都紧张得说不出话来。

“哈卫国他们好久到？”二叔问。

“马上就到，他们去马有德家了，他们把他给他老婆抬回去，说找到乌人后加倍给她补偿，他们马上就要来了。”

二叔使劲地挠着头，好像头痒得使他没法思考。

二娘跺了一下脚："快点呀。"

我妈扑到窗边，脸色苍白地说："来了，好像。"她看了一下，回过头小声而激动地说，"他们真的来了。"

二娘坐下去忽又站起来。

"有一个办法！"二叔让人大感安慰地压低嗓门吼了一声，"我和大哥穿上曹立的衣服，一个走前门，一个走后门，拉开门就往山上跑，一个跑一边，分散他们的注意力。曹立披上我那张狗皮，从地道钻出去。我估计屋子外面有人，所以你不能从屋子里出去。你小心点，出去后不要跑，爬到竹林里那棵朴树上去，朴树的叶子密，他们不会发现的，等我和你爸爸把他们引到山上了你再跑。怎么离开半边坡，那就靠你自己了。"

"行，就这么办！"

"曹立？"父亲想问一句不知道该不该问的话，但他还是问了，"曹立，我想知道，乌人到底是不是你拿的？"

这时二娘和我妈都看着我，二叔假装看着前面的柱子，用眼角往我这边瞟。我苦笑道："爸爸，我不知道我要怎么说你们才会相信，我的确没有拿，我也没有想要拿。要不你们不要管我，让哈卫国把我整死算了。"

"行了，我不过是随便问问，快换衣服吧。"

二叔叫二娘快去找一个和我的旅行包相像的包来。二娘着急地说，家里哪有哇。二叔说，顾不了这么多了，随便什么包去拿来吧！他穿的是我包里的衣服，我父亲则穿上我刚脱下来的衣服。我禁不住热泪盈眶："二叔，爸爸。"我爸给了我一个耳光，生气地说："现在不是哭的时候！"他要不打我这一下，他也要哭。

换好衣服，二叔走后门，爸爸走前门，同时开门跑了出去。

我只穿了条裤衩，抱着狗皮钻进地道。这狗皮穿在身上就得像狗一样走，二叔还没来得及教我要领，我不敢穿，四肢着地肯定没有双脚着地跑得快。

等我钻进地道，二娘把柜子锁上，如果我钻不出去，也倒不回来，心里不禁有些难过和恐惧。生我养我的半边坡啊，居然要我用这种方式离开。

因为没穿衣服，爬过那截管状通道的时候，我的肚皮不时被泥土冰一下，还被小石子划了几条曲里拐弯的白道道。钻进内室，也就是藏乌人的地下室，我决定把狗皮披上，用它挡一下泥土也好。我把两只手塞进袖筒一样的前腿，立即感到无比暖和，并且活动自如，没什么不舒服。再把腿穿进狗皮的后腿，我就必须趴下去，否则后腿根的皮就会被撕裂。我犹豫了一下，心想反正得爬出去，那就先趴着吧。

上次被炸穿的洞在土壁半中腰，我搭起前腿——穿上狗皮后我就觉得它们不是手而是腿了，我试了试，没法爬上去。侧身看见乌人躺过的架子床，心想可以把它拖过来垫一下。刚才我没有注意它，当我走过去时，只走了三步就被钉住了。乌人在床上？是的，就是它！仍然盖在棉絮里，白生生的脚从棉絮下面伸了出来。热血涌上我的头，使我两眼迷蒙。那么多人为之疯狂的乌人在这里，原封不动地躺在原处！我想哈哈大笑，一咧嘴，没能笑出来。是我们看错了？还是它跑到哪儿去溜达几天又回来了？那

2023. 5.

天我和二叔，还有哈卫国进来的时候没有看见，会不会先入为主以为它不见了没看仔细？我小心翼翼地掀开棉絮的一角，就像它会跳起来给我一巴掌甚至咬我一口。

棉絮揭开后，我又被吓了一跳，床板上躺着的不是我曾经见过的人形何首乌，而是那个没有名字的孩子。他睡得正香。

有人在房顶上见到神迹，有人在河面上见到神迹，还有人在玉米地里见到神迹。而我，我在地道里见到了神迹。他均匀地呼吸着，略显瘦削的胸脯一起一伏。从头发里的泥土可以看出，他是从我即将要爬出去的洞进来的。心里充满虔敬之情，何首乌真的成精了，化成了活人。但他的面相和乌人区别太大，乌人是一张老人脸，而面前这个，则完全是个不到十岁的少年。床边，有一块他从身上什么地方撕下来的皮。

“小孩？……你醒醒！”

我摇了摇他的肩膀，他醒了，像一个不愿被叫醒去上学的孩子。

“你怎么钻到这里面来了？”

“不晓得！”他不高兴地说。看得出来，他对我的打扰很是讨厌。

“你不害怕吗？一个人在这里面。”

“怕什么？你才害怕呢。”

没错，我才会害怕，而且有点神志不清。

“我觉得你是何首乌变的，他们没找到你，原来你变成了人。”

他没理我，我低下头一看，他又睡了过去。我怕他感冒，忙把棉絮给他盖上。可是我要用凳子，没有凳子我爬不上去。我把他和凳子一起抱起来，慢慢移到了边上。可如果站在凳子上，不小心就会踩到他的头。我想，他一个人在里面，即便他真是何首乌变的，也还是太危险了，他没有照明工具，一会睡够了摸不到门出去怎么办？从内心深处，我还是不能把他和那个乌人等同起来，总觉得他不过是一个行为怪异的孩子。我再次把他摇醒，叫他跟我出去。他闭着眼睛说："我不走。"

"一会你怎么出去呀？"

"不要你管！"

"那你让一下，我怕踩到你。"

他将脚和肚子拱起来，往下移了一下。

"你怎么老是慌慌张张的哟？"我正要爬上去的时候，孩子说话了，并且坐了起来，"你和他们应该不一样的，他们慌慌张张的是因为他们这也想要，那也想要。这是要不到的，人只能要一样东西，应该去要最值得的东西。"

"最值得的东西是什么呢？"

"是轻。"

"轻是什么东西？"

"轻就是轻。"

"你真的没有名字吗？"

"我要名字来干什么，我什么都不想要。"

"这样你就可以变轻了？"

"你快出去吧，他们到山上去了，要是一会发现那不是你，再倒回来你就跑不掉了。”

“你怎么知道？”

“你听嘛，把耳朵贴在土壁上听。”

我听了，我除了听见自己的呼吸和心跳，其他什么也没听到。但我相信孩子的话，他不会错。

我小心翼翼地爬上去，然后像土拨鼠一样钻进那个土洞。

因为是用炸药开掘进来的，里面高低不平，大小不一，大的地方能塞下一头牛，小的地方只能塞下一个脑袋，必须把泥土拨开才能前进。想到仍然睡在里面的孩子，我总觉得自己没尽到一个成人的责任，不管他愿意与否，都应该把他带出来。可我刚停下来，小孩的声音就传来了：“我知道你为什么老是慌张了，因为你总是拿不定主意。”

因为是在地道里，小孩的声音异常清晰。我惭愧地加快了速度。

在一个较宽的地方，我摸到一个毛茸茸的东西，把我吓了一跳。待看清了，才发现是一个巨大的翅膀。

“这是什么啊？”我问。

“是我爹的东西，以前我一直带着，现在我不想要了，就放在那儿了。”

虽然他不要了，但我还是小心地绕了过去。

在地下爬了很久，以为走了很远，钻出地面，发现房子就在旁边，只有四五十米远，这给人一种轻微的上当受骗之感。出口在竹林里，隐蔽性还不错。我按照二叔的吩咐，爬上竹林中间的朴树。这是生长比较缓慢的树，已经几十年，胸径才二十来公分。好多年没爬树，我费了点力才爬上去。朴树的叶子过于茂密，加上竹子又比朴树高，不要说外面的人看不见我，就是天上飞过的鸟也没法看见我。可正因为如此，立即让我感到处境的危险：我看不见外面的情况，一旦追捕我的人来到树下，我就成了瓮中之鳖。还有一个更糟的现实，月光太好。虽然树叶几乎挡住了它们，可我仍然能从树叶之间漏下来的些许光斑做出让人几近绝望的判断。一只栖息在树上的什么鸟被我惊醒，飞到空中，划了个圆弧，然后落在不远的竹梢上，别的鸟鸣叫着安慰了几声，竹林里安静下来。我要能飞就好了。几乎与此同时我豁然开朗，那个不要名字的小孩，一定是张齐发的儿子，就是那个梦想像鹰一样翱翔的张齐发！这个发现使我惊喜不已，就像这也算得上什么了不起的发现。这对我来说意义非同寻常，因为这使我对小孩的话有了更深的领会。他父亲没能飞上蓝天，也许他能，只不过是不再借助翅膀，而是靠其他什么东西。

我滑到树下，像狗一样四脚着地走起来，我发现这并不难。由于头埋得很低，这使我更加容易看清脚下的路。并且由于多了双臂的支撑，身体仿佛轻盈多了。同时明白了一个道理：很少看到狗走路摔跟斗，人却不同，几乎找不到从没摔过跟斗的人。这不是因为它们的技巧有什么不同，而是因为它们的眼睛所处的位置不同。

月光太好。

第四章

1

很多年前我就认识这种月光。它们是从时间的大门里释放出来的，每次见到它，我内心都有一种甜蜜的哭泣在荡漾，甚至不由自主地泪流满面却不知道这是为什么。它让我沐浴其中，让我大口大口地吸进去，将自己正在生锈的肠胃和骨头清洗一遍。

这是怎样的月光啊，风轻轻吹过，大地上便响起碎银落地的声音。猫头鹰和秧鸡已经不再叫唤，野花的香味也被凝固住，要抬起头才能闻到。土腥味太浓，它们让人发昏。

我钻出竹林，往小路上走。为了更像一条狗，有时还故意像狗那样东嗅一下西嗅一下，甚至跷起一条腿假装撒尿。我忘了狗撒尿是跷哪条腿，只好一会跷左腿一会跷右腿。我没办法使尾巴立起来，就让它耷拉在两腿之间，这样也好，这让我看上去像一条谦虚的狗。

不快不慢地走着，大地安静得像一个熟睡的婴儿。可是忽然不知从什么地方传来一只没有睡着的鸟发出的短促不安的叫声，或者一些来历不明的昆虫的声音。有时候，还能听见人在说话，只有一两个字能听清楚，连起来却是“叽呱叽呱叽叽呱”，忽高忽低，像是捂着嘴在说话。好几次，我想站起来看看这是什么人，这可太冒险了，弄不好会前功尽弃。

所有东西我都看得见，但它们全都变了。这下我知道了，狗眼看人低这话是对的，虽然这是人发明出来讽刺人的，但对于狗，这是事实。看一棵大树，以前我第一眼往往看见的是树冠，现在我第一眼看见的是树干，是大象腿似的树干。形象不一样，感受也不一样。这使我发现了人和树区别在哪里。树的头是朝下的，人的头朝上。树有根，不喜欢挪动。人没有根，特别喜欢挪动。树站在一个地方不动就知道四季的变化，人到处走，却无法准确地说出四季是什么时候变换的。由此引申，我还发现人的可笑之处，人什么都想管，结果什么都没管好。大自然里的东西哪里用得着人去管，不去管太阳，太阳每天照样升起，不管河流，河流昼夜不息。可是，人一旦管理自然，人的身边就会变得一塌糊涂，人想管人，就会发生纠纷甚至战争。

连稻田的样子看上去也变了，方形的稻田，现在看上去像个梯形，圆形的稻田，现在看上去则成了椭圆形。还有空气中的气味也变了，记忆中的夏夜有一股禾秸、枯草、迟开的花的香味，现在我闻得最多的是泥土的腥味，草根的腥味，还有各种昆虫的腥味。它们让我的头发昏。这是当狗最不好的地方。

毕竟不是真正的狗，我没有那样的速度，也没有那样的耐力。没走多久，我就累了。我还没学会把屁股坐在地上撑着两条前腿休息，想休息的时候，只能卧倒在地。第一个习惯性动作是四脚朝天，当我意识到狗从不这样，便立即翻转过来，重新以狗的形象趴在地上。以前我对所有的黑影都感到害怕，任何一个站立着的东西，哪怕比人大几十倍，我也把它当成人，或者当成鬼。现在我不怕了，因为从下往上看，一下就能分辨出到底是人还是鬼。人就是鬼鬼就是人，除了人和鬼，没有一样东西会让人害怕。

如果我生下来的时候不是给我穿上衣服，而是披上一张狗皮，那会怎样？是会更加幸福，还是更加不幸？我在自己的思想中寻找，把一些想法排除掉，走近另一些想法，仿佛是在重新学习一种语言，彻底拒绝平凡的思想。脑子里弥漫着怪诞的形象，它们似是而非，但好像也不是现在才有的，在很久以前，它们就在我脑子里，只是由于某种原因，没把它们释放出来。现在它们终于获得了自由，但还有些胆怯，还有些无所适从。我的脑子里出现的不再是句子，也不再是形象，而是在充满土腥味的小路上奔跑的思绪，它们一会拼命向前，一会拼命向后。

月亮上升到天空的中央，野地里到处是月光沙沙落地的声音，它们没有重量，只有美丽、亲切和温柔。

土腥味更浓了。

我走到一个叫姑姑塘的地方，离二叔家已经有七八里地了。我想不会有什么大问题了吧，我的心开始柔软，不再恨那些追捕我的人。有些人，单凭他们的说话声音就能判断他们的智慧，那些追捕我的人正好就是这类可怜人。当我去想他们说过的话，脑子里首先冒出来的是他们说话的声音。那些话的内容还不如其声音丰富。他们从没有赞美过月光，偶尔为之感动，一句“狗日的，月亮好大哟”就表达完他们的感情。他们从没有赞美过鲜花，就像半边坡的大地上从没开过什么花似的。他们嘴里咕哝得最多的，是他们对生活的抱怨，和对这种抱怨所承受的苦煎苦熬的情绪。我不再恨他们，也不再看不起他们，我心里只剩下怜悯和同情。

我试了试，看能不能像真正的狗那样坐下来休息。我有一种预感，我对我此时的身份有一种莫名其妙的欢喜，我宁愿当一条狗。我以为我做不到，可我轻而易举就做到了，这让我有点吃惊。难道这种潜能早就存在于我的体内？在马戏团发过的誓言再也不起作用了。

姑姑塘只有篮球场那么大，水不仅清澈见底，而且冰凉刺骨。源泉在池塘后面。一块巨大的岩石下面，泉水汹涌而出。在岩石的另一侧，有一棵大圆桌那么粗的樟树，不知何年顺着山脚倒下了，但它没有死，贴地的一面长出千脚虫一样的根，朝上的树干和枝丫则成了一片樟树林的发祥地，那些拔地而起的樟树已经有水桶那么粗了，小的也有手臂那么粗，不计其数。它们在老樟树的躯干上团结着，不允许其他树木在此生根，只有少许杂草在厚厚的枯叶下纤细地活着。

月光无声地滚落在清汪汪的水面上。远远看去一团一团地下落，细看像是粉状的，再看却既不成团也不是粉，你只能说，它就是月光二字的所指，而不是别的东西。我想我只要喝一口水，就能喝下这月光，就能让我的生锈的肠子发亮。这种想法一冒出来，我就用一切美好的东西给它加温，让它生长，唯恐它从脑子里跑掉。我走到水边，沿着池塘寻找好趴下去喝水的缺口。我现在是四脚着地的狗，比站着的时候方便得多，可水边不是长着水草，就是坎子太高。刚淌出来的泉水其实还干净些，池塘里的水有股泥沼味，可刚淌出来的泉水没有染上月光。就在我左右为难时，忽然听见人说话，我忙闪身跳进樟树的阴影里。

“你是怎么搞的，胆子越来越小了！”

“我看见一条狗。”

“狗有什么好怕的，人都不怕，居然怕一条狗？真是的。”

循着声音望去，看见樟树后面有两只小牛犊。刚开始我以为放牛的人在旁边说话，但立即我就明白了，这里没有放牛的人，是那只牛犊在说话。

他们走到了水边。

“这么好的水，这么好的月亮，不游一下太可惜了。”

“你游吧，我在岸上看着你。”

“你真的不和我游？”

“我还是不下去的好。”

“你不下来我一会把你当牛骑。”

2023.5.

“你骑吧，我本来就是牛啊。”

其中一只牛犊站起来，脱掉牛皮，走到水边，扑通一声，一团白光跃进水中。虽然看不清她的脸，但凭声音我就知道，这是严登才的女人。她到这里来谈情说爱来了。她的身体那么轻盈，刚跳下去时，激起的水花几乎溅上了树梢。

“冷吗？”

岸上的牛犊也激动起来。

“不冷不冷不冷。”

在皎洁的月光下，她独自一人尽情地拍打着水，不时哈哈笑两声。她游得并不快，动作也说不上优美，但她很快活。樟树也好，一团团的月光也好，池塘外面的黑沟也好，它们全都安静下来，看着这个欢快的女人，连藏在湿土里的蚯蚓都不会怀疑，经过一番畅游之后，这个女人将完全变样，这水是回春脂，鼻梁上的蝴蝶斑将飞走，眼角的皱纹也将完全消失，已经下垂的乳房将会重新挺拔饱满。

“月亮光光，姊妹烧香，烧到哪里，烧到庙塘，庙塘的房子倒了，和尚背起娃娃跑了。”

她用银铃般的声音将这首儿歌唱了一遍。然后问岸上的人：

“你还记得吗？”

“记得，怎么会不记得。”

她没接着往下说，而是轻轻地唱起来：“门前一树桃花开，对面山上有人来……”

唱到一半，突然不作声了，躺在水面上，过了好一阵才翻过身来，向岸上的牛犊命令道：“下来，下来陪我！”

“我不下去，我喜欢看着你游。”

我感觉出来了，女人很失望，在如此美妙的夜晚，她是多么希望她的情人和她一起畅游啊。不知不觉中，我走到了亮处，那只牛犊冲着我“嘿”了一声，想把我赶开。我只好又退回到原来的地方。

女人游了一阵，不游了，爬了上来。月光从正面洒遍她全身，连她的乳头和肚脐都能看得清清楚楚。她侧过身，用双手捋着头发上的水，弯曲的双臂一高一低。在以后的岁月里，只要我想起这个画面，我的心里就会荡漾起诗意和柔情。

“快把衣服穿上吧，别着凉了。”

女人任性地说：“不，我不穿，我要骑上你跑一圈。”

“好吧。我是怕你感冒。”

牛犊弯下腰，赤身裸体的女人骑上去，把一根树枝当鞭子，“驾！”她喊了一声，牛犊便跑起来。牛犊跑得很慢，因为他不是真正的牛犊，更不是马，四条腿没有一双脚跑得快。但这已经足以让女人高兴了，她哈哈大笑，声音响彻山林水泽，简直能把沉睡的石头都唤醒。

“你小声点，会有人听见的。”

牛犊气喘吁吁地说。

“听见就听见，我还巴不得让人听见哩。有谁在吗？姑姑塘有人吗？来看我骑牛啊。我多快活啊，我这辈子从没这么快活过。驾！”

她不住地哈哈大笑，连她自己都不能制止。水听见她的笑声，更清澈了。樟树听见她的笑声，欢快地拍着叶子。冷阴阴的黑水沟听见她的笑声，惭愧地缩着身子。有两次他们从我面前经过，我正趴在老樟树上休息，牛犊完全忘记了我的存在，他已经顾不上我了，他累得直喘粗气，每呼出一口气，都要把地上的树叶吹起来。就这么跑下去，非把他累死不可。

“歇会吧，我的小牛。”

女人跳下来后，牛犊顺势倒在地上，四仰八叉地喘气。女人叹息道：“多么好的夜晚啊，水这么好，月亮这么好，今后恐怕再没机会碰到了。你再躺一会，我去流水的地方洗洗我的脚，脚上全是沙子。哎，算了，我已经是一头小母牛了，还洗什么脚呀。哈哈哈。”

牛犊翻了个身，突然关心起另外一个问题：

“你说，他们能抓到他吗？你家严登才平时走路排着两只脚，一点不快，刚才去追曹立，他比年轻人还跑得快。”

“你说他干什么？你这个人！……”她本想说，此时此刻，除了美好的事，别的事都是不宜说的，可她不想把这层意思直接表达出来。可她的情人不懂这一点。他问：

“他们能把乌人追回来吗？”

“这和我有什么相干！”她终于生气了，“你是不是后悔了，后悔和我来姑姑塘，没去和他们追乌人？”

牛犊站起来，不是像牛那样站起来，而是像人那样站起来。他准备过去用两个没有蹄子的前脚拍打她的肩膀，可她像牛那样一下四肢着地，让他拍了个空。

“我没后悔，我不过是随便说说，你用不着生气呀。”

“我知道你心里是怎么想的。这么好的夜晚不好好珍惜，一辈子能有几次啊。”

樟树林里安静下来。不知何时，月亮移开，水塘上面不再有月光，樟树像严肃的老人一样将阴影全部投到了池塘上。刹那之间，一切都在变老。

2

向北走是山，山那面还是山。向南走是乌江，是到镇上去的水路。离开姑姑塘，我不知道是向北还是向南。我注意到，每个岔路口都有暗哨，不是一头牛就是一头羊，甚至一头猪。虽然我们从不承认自己是侏儒，从没埋怨过老天爷的残酷，其实每个人心里都有一股子伤心，毕竟只有半边坡的人才长成这副模样。如果半个地球的人都像这样子，那就没什么好抱怨的了。在这寂静的月光下，正是因了他们的身材，才能因地制宜伪装成各种动物，不禁让人感慨万千。就像谚语说的，歪嘴壶也有歪嘴壶的用处。

路边岗哨已经守得不耐烦，我看见一头牛抽起叶子烟。他对我视而不见，他以为我是一条真正的狗。我若是站起来，会把他的烟杆吓落到地上吧。还有一头牛则一大股酒味，他已经喝醉了，一个人在那里说胡话，这些话无论是人还是牛听了都会哈哈大笑。他问我：“你好啊，你想母狗不哇？半夜三更的哪有哇，还不如在窝里睡觉！”当然，也有恪尽职守的，他们躲在大树后面纹丝不动，即使走到他的面前你也不会发现。我非常小心，尤其是什么也看不见的时候，我不是故意东嗅一下西嗅一下，就是跷起后腿做撒尿状。在安全的地方，我学了学狗叫，如果能够惟妙惟肖，等于多了一个防身术。没料到太难听，像一条行将被熬汤的老狗。我不敢造次，太过分了反而会露马脚。

如果往北，要走出半边坡起码三天，因为山太大，得绕道而行。如果往南顺江而下，几十分钟就可以逃出去，可这需要船，没有船木筏子也得有一个。对于道路的选择，在不去选择的时候，每条路都是畅通的，可一旦选择，则会发现每条道路都有各不相同的障碍。想到这一点，我听凭脚的意志，它们把我带到哪里就是哪里，我懒得去想，反正想也白想。

我的眼睛看不远，可我的耳朵灵便多了。我听见匆忙的脚步声，虽然离我还很远，但它们像洪水一样，正向我漶漫而来。他们一定是追上我父亲和二叔了。在我的想象中，发现上当后虽然让他们无比恼火，可同时也让他们更加兴奋，因为这进一步证明何首乌在我手里。他们是这个世界上最勇敢的人，现在就像猎手发现目标，哪怕穿林越泽披荆斩棘也会在所不惜。我仿佛看到他们排成一字长蛇阵向我卷来，每个人都是篦子上的一根梳齿，要把我像篦虱子那样篦出来。我没有感到害怕，但我对这些毫无意义的事情感到心烦。

前面出现两个黑影，我苦笑了一下，看来无论发生什么事，总是生逢其时。我不想逃跑，也无路可逃。

我站在那儿不动。黑影越来越近，我看清楚了，是两条狗，一白一黑。我从它们轻捷的步伐看出来了，是两条真正的狗。但我还是不敢动，我不知道它们会把我当成什么，是当成同类还是当成其他东西。快走近我时，那只白的落在后面，那只黑的则气势汹汹地向我撞来。刹那间我明白了，这是条公狗，而那条白的是母狗。公狗以为我想抢它的伴侣，所以要给我点颜色看看。我根本不知道此时应该怎么防范，它一上来就咬了我一口，咬在肩膀上。我叫了一声，不仅痛，还被吓了一跳。这大大出乎公狗的预料，它迷惑不解地后退了几步，然后狺狺地向我示威。

我忙去捡石头。平时，只要看见人往地上随便捞一把，就可以把它吓得夹起尾巴后退。可今天它没有后退，大概是不相信狗也能掷石头。糟糕的是我根本没法把石头拿起来，因为手指套在狗皮里。我急了，骂了一句："滚开！"这一声不打紧，把母狗也引来了。它像一个生气的娘儿们，汪汪地冲我直叫唤。我不知道它为什么要表现它的勇敢，一发现我不是真正的狗，好像特别惹它生气，攻击起来比公狗还狡猾，它专门攻我的后路。

它们大概是把我当什么怪物了。

母狗一口咬住我的腿，我又蹬又叫，狠狠地踢了它脑袋一脚才挣脱。可这时公狗咬住了我的手臂，我挥拳打它的头，慌乱中打在它的眼眶上，它痛苦地叫了一声，跳开了。但它没有离开，而是摆出要和我血战到底的架势。我一只脚跪在地上，以膝盖做支点，双手撑在地上，另一只脚和上半身转着圈儿。刚开始还有点效果，但很快我就成了悲惨的黔之驴，它们同时进攻，同时撤退，把我围在垓心。狗向我示威的时候才汪汪叫，一旦下口，就不叫了，喉咙里“喔喔喔”的，发出一种锯子锯骨头的声音。

“你们为什么咬我？为什么！”

只有读过书的才会这么可笑地说话，但除此之外我无话可说。

“我惹你们了吗？我。”

我的声音充满了委屈和愤怒。

它们后退了几步，大概这时才发现我是一个人。公狗的喉咙仍然“喔喔喔”的，但这不是进攻，而是疑问，就像在问你是谁。母狗则“喔汪汪汪、喔汪汪汪”，像在说，跟他啰嗦什么，要咬就好好咬他几口。

我以为这是个转机，忙以惯常的语气命令它们：

“走开，你们给我走开！”

伤口的疼痛开始发作，既像火又不像火，有一种不清不爽的灼烧。虽然这痛就在我身上，我就是痛，痛就是我，可我却不知道应该怎样描述它们。我的头有些昏，我对自己说：“不行，一定要保持头脑清醒！”每一处伤口的疼痛都不相同，各具特色，肉多的地方是肿胀之痛，肉少的地方是撕裂之痛。

母狗跑到公狗身边，大概是征询公狗的意见。我还没来得及做任何反应，它们再次扑上来。这一次好像不急于求成。刚才开始它们并不想真的咬我，而是试探性地跳来跳去，我以为这是强者对弱者的戏弄。可很快我就看出来了，它们想攻击我的喉咙，不是什么戏弄，是想置我于死地。我用双臂保护着喉咙，用脚去防守。由于穿着狗皮，脚使不上劲，加上没它们敏捷，还击只能是虚张声势，不能给它们真正的教训。

我平时没想过自己和死亡有什么联系，现在大脑开始发昏，眼睛发黑。我想，这就是死亡吧。死亡在咬我，在吮吸我，在麻醉我，在引诱我。好像并不是那么可怕，只是让人遗憾让人烦，这就死了的话，我这条命也太简单了。

追捕者的脚步声越来越近，我甚至感觉到了他们腾起的灰尘，还有被火把照亮的麻木而兴奋的大脸。以这样的面目死在他们面前，我有些难为情。我希望死得体面一点。在半昏沉状态中，时光在飞逝，疼痛的感觉在减弱，遗憾的心情在扩大。

我已经累得喘不过气来。

“好吧好吧。”我说。我放下手臂，亮出喉咙。可它们居然后退了几步，以为这是什么圈套。等我本能地把手臂护在喉咙上，它们才重新发起进攻。

不远处亮起几盏灯，我不知道这是不是幻觉。灯光微弱，忽隐忽现。我迷迷糊糊地想，来吧，你们来吧，这下遂了你们的愿，连狗也成了你们的同谋。

公狗发现了那些灯光，它对着它们汪汪汪地试探性吼起来。母狗则傻乎乎地抬头看天，假装正人君子地叫上两声。

我感觉这不是追捕者，我没什么理由，只是感觉而已，就像看见一块石头，你能感觉它比别的石头软还是硬。

灯光还在那儿闪烁，两条狗冲了过去。它们的叫声不像对我那样理直气壮，是从喉咙管里一节节地拉出来的，这灯光让它们感到恐惧。

我也有点忘了自己遍体鳞伤，身上黏糊糊的，这是血，它们正源源不断地往狗皮和我的身体之间填充，我马上就要肿了，我想。

月光呢？我怎么把它忘了？我故意这么惊诧地问自己，是想让自己保持清醒。月光被山坡遮住，山顶比别的地方白，好像月亮就要从那里升上来，其实它正在沉下去。我的四周暗影憧憧，什么都看得见，又什么都看不清。有鬼吗？黑乎乎的地方有鬼吗？平时只要这么一想我就会害怕，心里就会咚咚跳。可现在我一点不害怕。害怕倒好了，这会使我的头脑清醒一点。这种半清醒状态我是深有体会的。每当快要喝醉酒的时候就是这样，自己什么都清楚，甚至比平时更清楚，滔滔不绝口若悬河，酒醒后才知道有很多话不应该说，应该闭嘴。我每动一下，身上就哗啦响，血液在狗皮里面流淌。我仍然用一只脚跪在地上，双臂支撑着上半身，就像准备起跑。其实我很想躺下去，可我不敢，我怕躺下去就再也爬不起来。

两条狗不见了，灯光也不见了。那不是追捕者的灯光，也不是来拯救我的，说实在的，我也没存那个心。狗不再咬我，我也不感觉庆幸。此时我对什么都无所谓，无所谓活着，无所谓死去，也无所谓还在淌血的伤口。这不是悽怆，这是身处绝境却无能为力的平静。

我忘记了追捕者，忘记了把我咬得伤痕累累的狗，同时我也忘记了我身在何处。时间会像河流一样把一切都冲走，剩下的除了时间还是时间。濒临淹死的时候，我内心也感到过同样的平和。

那是在十几岁的时候，我还不会游泳，可一个家伙以为我是假装的，硬把我拽下河，拽到河心把我放了，我沉了下去，我看见水是黄色的，这让人感到温暖。我心想，我一会就要死了，一会就要死在这温暖的水里了。那个讨厌的家伙爬到岸上，发现我不见了，忙跳进水中揪着我的头发把我拽上岸。

现在我再次感到那种温暖，并且同样是黄色的，像门洞里的阳光照射下的尘埃。

由于流血过多，我感觉口很渴。我想起今天没吃晚饭，可我不觉得饿，只觉得渴。我没有绝望，也没有恐惧，就是觉得渴得难受。

夜风习习，最先流淌出来的血像冷水一样冰凉。我比刚才清醒了一点，这时我闻到了一股香味，它们不是从别的地方飘来的，它们是从记忆里冒出来的。我哭了。因为这是明姜的香味。任何人，包括明姜，他们此时看见我，都会以为我是在为自己的处境哭泣。可我真的不是，我在想：那么奇特的香味无人能识，我觉得没有比这更让人悲哀的了。但我的哭同时又夹杂着几分自豪，我在此时此景还想着明姜的香味而不是自己的生死，我的确有些自豪。后面几乎是在为这自豪而哭。

痛快淋漓的大哭让头脑发昏，这是危险的，于是及时刹住了。

第二次疼痛开始了，这次疼痛像在打扫战场，皮肤的受损情况将清楚地呈现出来，让人害怕的时刻到来。我的双臂已经被撕成碎片，两侧腹部也有好几处开创性伤口。还有屁股和大腿，它们都在为忍无可忍的疼痛呐喊。疼痛让双臂再也撑不住，它们和全身一起，像有毛病的发动机一样颤抖起来，身上的零件全都松开，就要散成一地。四周再次出现灯光，很多，有些从天上掉下来，有些从地里冒出来，在空中飞旋。这一次我相信是幻觉，是大脑即将失常的标志。和刚才不同，我开始走下坡路了，这不是我能左右的，这是死亡在拍我的肩膀。

“嗨！”

我竭尽全力，想大吼一声，以便把自己唤醒，我感到我吼了，可我没听到我的声音。谁要是知道这是怎么回事，谁就知道灵魂出窍是怎么回事。

疼痛淹没了一切。

我躺了下去，我再也坚持不住。我是仰躺下去的，因为全身只有背没受伤。可躺下后才知道这是一个很大的失误。睁开眼睛，看见星星从天上掉下来，直往我脑门上砸。闭上眼睛，却又感觉到大地在旋转。要翻过身已经来不及，我已经没有翻身的力气。胃里在翻滚，想要呕吐。树叶的摩擦声，昆虫的唧喁声，都在推动呕吐的进行。我很明白，一旦吐出来，我就完了。呕吐完后大小便就会失禁，大小便一旦失禁，生命就要失禁。

背开始发热，就像睡在热炕上。我不清楚热量是哪儿来的，但谢天谢地，我终于把呕吐控制住了。准确地说，呕吐被这股热量制止住了。这个小小的成就让我多少拾回些信心。我敢睁眼看星星。天幕上的星星不多，而且暗淡无光。这说明我刚才看见的不是它们。大地也不再旋转，它像一条船那样在晃动。

现在我愿意知道自己的处境，可我没法知道。没法知道受伤的情况，也没法知道还能活多久。我想起自己做过的一个恶作剧。我曾在水塘里放了一团泥巴，在泥巴上插了根树棍，然后把一只黑蚂蚁捉到棍子上。刚开始它很自信，从棍子上爬下来，走到孤岛的边沿，试了试水，这于它无疑是辽阔大海，没办法，只好调头，再次爬到棍子上，如此反复几次，它的速度慢了。现在，它内心的绝望传到我心里来，这是一种不知究竟的绝望，一种没有任何意义的绝望。它最后的结局如何，我不知道，是在水里淹死，还是在“孤岛”上饿死？我突然意识到，在我的心里，其实曾经有过无数只这样的蚂蚁。而现在，只剩下最后一只了。

与此同时，我身上爬满了现实中的蚂蚁，一种臭烘烘的蚂蚁，血腥味儿让它们兴奋不已，它们像虱子一样在狗毛里忙碌着，大概还想把我拖回去献给它们的女王，那个除了交配和产卵什么也不会的肥婆。不过这一切只是我的推测，我只知道它们爬上我的脸，不时叮我一下。我很讨厌它们，但同时我又很感谢它们，没有它们的叮咬，也许我昏迷过去后就不会再醒来。到了生命最后的关头，它们是我唯一能信任的对象。

脚步声越来越近，他们会怎么处置我呢？还没想清楚，我便笑起来，觉得自己跟他们开了一个不小的玩笑。

现在我不会为任何一件事激动，内心只有无尽的等待，等待眼下的事如何结束。

有一件事我很想对什么人说说，那就是对死亡的体验。我原以为自己怕死，怕面对死亡。可真正遇到死的时候，死是不存在的，没什么痛苦。人怕死，其实是怕意外，怕疾病，怕自己没准备好。这一切都和肉体有关，当肉体瓦解，与你分离时，你会发现，你不过是这个过程中起联系作用的纽带。

3

我在飞。我的前面有一个亮点，它引领着我，我向它飞去，它就朝前飞，我迟疑下来，它便降下速度甚至停在那儿不动。我听见有人在说话，可我不知道他们在说什么，我的注意力集中到那个亮点上去了。我感到非常轻松，从未有过的轻松。

“不要紧吧？”

“不要紧。”

“那你哭什么？”

“我没有哭。”

我飞得越来越快，身体轻盈得就像没有身体，与那个亮点之间的距离也比刚才近多了。这让我感到快慰，无比的快慰。凡是我经历过的快慰，都无法与之相比。也没有一样我所见过的事物能够拿来打比方。几乎就要追上岁月、思绪、感情，心里充满了感激之情。我力图用一些词语来描述一下目前的处境，羽毛、阳光、云彩，但它们像玩腻了的玩具，对我毫无吸引力，还不如去直接享受这快乐。连语言也成了多余，可见这快乐是多么圆满。

不知过了多久，我像被投进火炉当中，“轰”的一声，全身噼里啪啦地燃烧起来。随即感到自己正被锯成肉碎。我没能丢掉我的躯壳，它又回来了，还把疼痛也带了回来。但这种痛和前面的痛已经有所不同，受伤的时候那种痛是向内的，现在这痛是向外的，从里向外喷发，热浪滔滔。

“哥哥！”

我睁开眼睛，看见一张绿色的嘴，牙齿比嘴更绿。等到全部看清了，原来脸也是绿的，只是没有嘴和牙齿那么深。

“哥哥，别动！”

这张绿色的嘴迅速地嚼起来，我还没明白怎么回事，这张嘴一下覆盖在我的嘴上，我立即感到一股热乎乎的东西流进我的口腔。

“快咽下去！”

有一股青草的味道。

“再来！”

咽了十几口。她笑了，说：

“我的嘴都嚼软了。”

“明姜，是你啊。你的脸怎么绿了？”

“我的脸绿了？我已经嚼了三天草了。没事了，你很快就会好起来。”

“刚才你在和谁说话？”

“没有啊，这里除了你和我，没别的人。”

我还记得那两条狗，记得那个让人欢愉的亮点，也记得说话的声音。

“明姜，你的脸洗得干净吗？”

“洗不干净，这是从里面跑出来的。这种草有毒，吃多人会变绿，不光脸上是绿的，连身上也是绿的。可它能治好你的伤。”

“那怎么办？没有别的办法吗？”

“没有别的办法。难看吗？”

“不难看，只是和别人不同。”

明姜笑了，笑我为这样的事操心。她说：

“不同就不同，我和他们本来就不同，我是臭的，他们是香的。”

说到香味，我马上叫她俯下身来让我闻一下。她一下跳开了，带着几分气愤看着我。

“怎么了？你又不相信我了？”

明姜没说话。我知道她在想什么，她在想我的话到底是不是真的，会不会过了这个时候就会被风吹走。“好吧，”我想，“现在我什么也不说了，看我的行动吧。”

几天来，明姜不光嚼草汁来喂我，还用草汁来搽我身上的伤，那种剧烈的疼痛已经没有了，只是不时感到火烧火燎，还有点痒。明姜说：

“把狗皮脱下来吧，现在穿它已经没用了。脱下来好得快些。”

她叫我仰面躺好，以便从胸前打开。狗皮是用麻绳系在身上的。她叫我忍一下，血把狗皮和我的皮粘在了一起，剥起来肯定痛。我说没问题，你剥吧。她试了一下，还没用力，就已经把我的大汗痛出来。我不好意思地说，比撕我的皮还痛。她发现了更加严重的问题，我的肉和狗皮长在一起后，它们已经合二为一，狗皮已经成了我的第二层皮。她伏在我身上，嘤嘤地哭了。我叫她不要哭，脱不下来就不要脱，如果可以就当一条狗，我宁愿一直当下去，当狗比当人好。明姜以为我说的是反话，忧伤地看着我。我滔滔不绝地说了起来，我说我真的不愿回到人形，回到人形就要承担人的责任，这些责任反过来又让人失去人的自由。说实话，刚开始我也是为了安慰她才这么说，可越到后面，我越觉得这就是我本来的想法，仿佛埋藏多年的潜意识变成了自觉追求。

我闭上眼睛，思绪在笔直的小路上向后奔跑，一直跑到黑色的太阳底下，那是母亲的阴毛，我轻轻一跳，钻进母亲的子宫里。再往后退，世界的本来面目呈现出来，木瓦房变成了森林，村庄变成了原野。这时有很多道路供我选择，有一条通向人，有一条通向狗，有一条通向猫，有一条通向狮子，数不清有多少条，有多少种动物就有多少条。没有次序之分，每一条都是第一条也是最后一条。我没有犹豫，我走上了通向狗的大道。我刚走上去，身体里的骨头立即按照狗的方式重新排列，不知过了多久，思绪才重新回到明姜的怀里——我夸夸其谈的时候她把我的头放在她怀里。我感到无比轻松，我不用再去想演出的事了，不用去想还有什么事没有干。从现在起，没有什么事是我的事，它们与我通通无关。

“你退烧了。”

“不知道……”

明姜把我的脸贴在她的脸上，我听见她喃喃地说：“你退烧了，你好了，你的脑袋也变干净了，嘈杂的声音没有了。这种嘈杂的声音昨天有，前天有，以前一直有。像蛐蛐的叫声一样没有停止过，现在通通没有。”

我闻到一股莫名其妙的臭味，好像是从明姜身上发出来的。我不禁有些吃惊。

“这就对了，因为现在我什么也不想。”

她笑盈盈地站起来，朝一棵树走去，这时我才发现树上挂着一个狗皮筒子。她当着我的面脱得一丝不挂，脱光后钻进狗皮筒子。她赤身裸体的时候，我一点想法也没有，她披上狗皮后，我反倒有点想了，想进入她的身体，和她融为一体，我知道现在不行，于是假装看着别处。

“哈卫国会找到我们吗？”

“哈卫国？他不会来了，乌人已经找到了。”

我不禁吃了一惊。

“在哪里找到的？”

“在你二叔家的地窖里。”

“怎么可能。我就是从地窖逃出来的，里面什么也没有。”

“真的找到了，我都看见了，他们把他装在一个铁笼子里。”

“什么时候？”

“就是那天晚上。他们追到你二叔，你二叔说在地窖里，他们钻进去把他捉住了。还是活的哩，和人没什么区别。他们用刀在他身上轻轻划了一下，还流出鲜红的血哩。他们说，何首乌成精后才会有血。”

“天啦，你知道那是谁吗？那是张齐发的儿子，就是那个想长翅膀飞上天的张齐发。”

“你怎么知道是他？”

“我在地窖里看见的。”

“他们把他怎么了？会不会杀了他？”

“不会杀他，说杀死了不值钱，他们把他关在笼子里，派人找买主去了。”

“那是一个活鲜鲜的人，哪是什么何首乌？”

“现在所有人都把他当何首乌。”

“不行，得想办法把他救出来。”

“笼子在哈卫国家院子里，架在四根柱子上，要搭梯子才能爬上去，白天晚上都有人看守，每个看守都背着火枪。”

“他们会害死他的！”

“不会的，他们对他好得很，他想吃什么他们就给他什么，还专门给他做了张小床，给他最软和的被子，他现在除了行动不自由，其实比平时过得还要好些。”

我不知道说什么好，脑子里光怪陆离，明姜说的那种嘈杂声又冒出来了。

“那天晚上我听见他们的脚步声，我以为马上就要抓住我了，可他们没有来。”

我的意思是说，如果抓住我，也许就不会去捉那个孩子。明姜说：“你听见的脚步声是你心里冒出来的，你害怕了，你以为你不怕，其实你没办法不怕。我找到你的时候就看出来了。”

明姜没有指责我，她是在陈述事实。但我还是尴尬不已，幸好脸上蒙着狗皮，掩饰了难堪的表情。

“你知道它们为什么咬你吗？”

“不知道。大概是把我当怪物了。”

“是因为你起心动念都是人，不是狗，这样你身上的气味就不是狗而是人，它们最不喜欢有人味的狗，它们喜欢狗就是狗人就是人，人不人狗不狗它们不喜欢。”

明姜说话时没有看着我，她拨拉着一堆草，像是在和这些草说话。

在明姜的照料下，我的伤好得很快。我想去看看那个被当成何首乌的孩子，看有没有机会救他出来。明姜明白我的用意，说这几乎是不可能的。但她答应和我一起去，我感觉她有什么话没说出来，我没有问，既然下定决心少说话，少问话是最关键的，因为任何一句简单的话也会问出一大堆话来。快到了，她告诉我，哈卫国他们为了确保乌人的安全，不管是狗还是牛，甚至一只麻雀，只要接近那间屋子，就对它开枪。他们怕别人装扮成狗或者牛来偷乌人。已经丢失过一次，他们不能再丢了。

我不知所措。

“你脱下狗皮，像人一样大摇大摆走过去，他们反而不会开枪。”

“我已经脱不下来了。”

“做不到的事情就不做，有很多事情我们是做不到的。”

“有一件事我们能做到。”我试探性地看着明姜，因为这件事只有她才能做到。她很聪明地看着我，让我继续说下去。我说：

“不管他们信不信也要告诉他们，笼子里的孩子不是什么千年何首乌，他是张齐发的儿子，是个和我们一样的人，是他妈妈生出来的，不是从地里冒出来的。”

明姜面露难色。这么多年来，她没和村子里的人说过一句话，自觉地远远地躲着他们，现在要她去对他们说，那是张齐发的孩子，不是何首乌，这就像请哑巴唱歌一样难。

第二天，半边坡来了很多人，他们全都是慕名而来的，听说半边坡捉到一个能割出血还能像人一样叫唤的何首乌，他们朝觐来了。不过，这些人密密麻麻地走进半边坡的时候，不像是来朝觐的人，而像是来搬食物的蚂蚁。哈卫国怕出现闪失，在架子周围挖了一条又宽又深的壕沟，以免朝觐的人离笼子太近。要看只能隔着笼子，远远站在梯子上看。这让远道而来的客人大为不满，因为他们除了笼子，几乎什么也看不见，那孩子躺在床上不愿露面。有些人悻悻而归，有些人则留了下来，说来都来了，不看上一眼就走太他娘的吃亏了。结果这些人成了半边坡的瘟神。他们见到果树就爬上去，管它什么果子，管它熟没熟，都要摘一堆下来，能吃的吃几口，不能吃的到处乱丢，甚至当球互相投掷玩耍。他们像没人看管跑进菜园的猪，瓜地和花生地被他们刨得只剩下杂草，而大路上到处是他们拉下的大便。半边坡人对他们深恶痛绝，但有什么办法呢？由于身高的优势，他们在半边坡人面前全都是巨人。如果硬拼的话，恐怕几个半边坡人才能敌住他们一个。

更让人苦不堪言的是吃饭问题，谁和他们有点亲戚关系，他就会跑到谁家去吃饭，不只是他一个人来，那些和他一起的人没地方可去，会跟在他后面蜂拥而至，人越多脸皮越厚，不光把饭吃个精光，咋呼喧闹的声音简直像是来拆房子的。半边坡人忍不住抱怨，再这么吃下去，他们自己就要去讨饭了。有人为了躲避这些瘟神，大白天关门闭户，到晚上再煮饭吃。可到第三天第四天，来的人更多，问题也更严重了。你要关门闭户，他们就捉你的鸡，你要打开门，他们就自己钻进来煮饭吃。这在他们不仅仅因为饿了需要吃饭，更重要的是让他们享受到公开抢劫的痛快，把来半边坡的最初目的忘了。哈卫国最倒霉，因为他是村长，吃他的饭有种天经地义在里面，因为他代表的是公家。眼看着柜子里的粮食越来越少，哈卫国的女人急得去上吊，其实她不想死，第一次，她故意等家里有人才去上吊，还没吊上去就被拦住了。第二次，她用一根旧绳子，吊上去绳子就断了，嘴磕在板凳上，磕出一个大青包，嘴也歪了。两次上吊都没能阻拦住吃白食的人，她只好一边煮饭一边往锅里吐口水。

更出格的事还在后面。石有孝整天提着火枪守护何首乌，没法顾及家里的事。这天晚上，有几个人跑到他家去吃饭，还喝了他的酒，酒壮色胆，把他女人强奸了。石有孝跑回去，见一个人刚从屋里出来，他一枪就把这人撂倒。愤怒的火药把铁砂子撒满了这人的大腿和屁股。走进屋，看见老婆失魂落魄地缩在屋角。石有孝重新填上火药，女人以为自己必死无疑，从容地坐在板凳上。“轰隆”一声，她只感受头皮一热，耳朵嗡嗡响。半天回过神来，才知道石有孝没装铁砂子，摸摸头，一片头发烧焦了，她呜咽着，去给还在喘粗气的石有孝弄吃的。

损失最小的是严登才。他女人已经不知去向，没人给他煮饭，他便在别人家混饭吃，每次坐到桌上，他都强调，他的饭量越来越小，多吃一口都不舒服。他这么强调的时候，可怜巴巴的，好像他得了什么不治之症，需要每一个身体健康的人同情。

4

我趴在草地上，看着明姜在不远处寻找忘忧草，我轻轻地想：为何我在这里，而我就在这里。我们，所有的半边坡人，总是满怀忧伤，总是陷在悲伤和自恋里不能自拔。我们在失败和灾难面前屈服，将这些当成生活的本身，甚至视为必须。我们总是说，活着就好，好死不如赖活着，但我们从不知道应该如何活着。我们活着，不过是因为我们有能力接受羞辱。如果你到过半边坡，看见比你身高矮一半的人，看见他们惊慌的目光，你就会承认，我并没有夸大其词。

明姜说，每天吃一棵忘忧草，能让人远离忧愁，还能让人身体变轻。可这么多天了，她一株也没找到。她是为我找的，她自己不需要吃这种草。看着她专心致志无比固执的样子，我怀疑是否真有这种草，我甚至怀疑明姜也许根本就不认识所谓的忘忧草，她不过是听说过而已。但我没有点穿，看着她在草丛中自言自语，我的忧愁已经烟消云散。

明姜教我如何辨认草的毒性。这些知识是独一无二的，草的名字都是她自己取的，只有她自己才能叫得出并认识它们。

我们坐在草地上，明姜靠着我，我们背对某座山或者某棵大树，腿伸直，我抓住她的手，整个晚上我们用手说话，十指交叉，抚摸手腕。她说，大多数草都很柔弱也很骄傲，敌人袭击时，它们骄傲地举起叶缘上的小刺，可有谁害怕呢？面对像刀一样锋利的牙齿，它们只能乞求不要把它们连根拔起。而很多小草，连刺也不长，它们小小的自负是在哪儿都能活，即便只有半勺泥土，它们就像卑微的人一样，活得既认真又傻气，全然不知道接连几天不下雨有多难。面对敌人的进攻，只有那些有毒的草才能保全下来，它们的叶片里注满了叽叽咕咕的愤怒，脾气暴躁得很，可不知为什么，这样的草其实很少，它们并不因为自己有毒就活得比别的草有气势。

“草啊，这么多的草。”她低声说。

我吮着她的手指，有一种青草的幽香。有时候，她的手指上戴着许多草戒指，是她自己编的，花花绿绿，各种颜色都有。她刚戴上时很高兴，可和我坐在一起的时间长了，她就会叹气，一把撸下它们，把它们丢到地上。我不允许她这样，把它们捡来重新给她戴上。她嘟着嘴，把指甲被草汁染成绿色的手伸到我腰部，指甲深深地舒服地陷进我的肉里。但有时候，她会恼怒地缩回她的手，说，你用不着这样，你用不着和我在一起，你想去什么地方你就去吧。我不喜欢说话，不喜欢唱歌，你会很快厌倦我的，你去你该去的地方吧。

这只能怪我，怪我把这些年在外的事讲得太多。

如果我现在回到城里去，回到马戏团，我敢肯定，我的表演

2023.5.

将揭开新的一页，我将再次成为团里的红人。不凭别的，凭长在身上这张狗皮就够了。

我紧紧握住明姜的手，把她的担心压在我的担心之下，因为我并非一点也不动心。

进入马戏团的第三年，我创造了马戏团有史以来的辉煌。当时马戏团很不景气，但我的表演大受欢迎。那些熟悉我的观众一见到我就哈哈大笑，马戏团的门票上印着我的形象来招徕观众。当时团里有一个女驯兽师，长得又高又大，脸盘大、眼睛大、嘴巴大、屁股大。这些方面与我正好相反，我所有的部位都往小里长。团里的演员没少拿我们俩取乐。比如吃饭时把最大的饭碗给我，把最小的碗留给她；分西瓜时把大的挑给她，把最小的分给我。无论别人怎么取笑，我从不生气，这和当时蒸蒸日上的前途有关。女驯兽师就不一样了，人们已经看厌了狗熊骑自行车和踢皮球，每次上台，她都强作欢颜，可观众的掌声稀稀拉拉，趁她演出时上厕所或者买瓜子买矿泉水。而她偏偏是个事业心和自尊心特别强的人，她拼命工作，给动物增加难度，有些动作是动物不可能完成的。在这种情况下，她把别人的取乐看成是对她的嘲弄和羞辱。每当别人哈哈大笑，她不是气急败坏地咒骂，就是躲到一边失声痛哭。我为她难过，走过去安慰她。我对她说，姐姐，他们不是存心的，你不要往心里去。后来我才知道她并不比我大。我习惯把身材高大的人叫姐姐或者哥哥。刚开始，她并不领情，狠狠地瞪我一眼就走开了。有一次，她叹了口气，摸了摸我的头，我趁机做了两个滑稽动作，终于让她破涕为笑。从这以后，我们的关系突飞猛进。我们以为我们的爱情使我们刀枪不入，或许，当时我们眼里根本没有其他人。我们毫无顾忌地走在大街上，当别人从后面看我们时，往往以为我是她的弟弟或者孩子。而一旦正面相向，看到我的面相比她还大时，好多人因为不甚惊讶而险些掉下大牙。我仰起脸，她低下头，把那些好奇的眼睛里射出的子弹挡回去，还给他们自己。我们哈哈大笑。

我们有相似的经历，离乡背井，以各自的绝技谋生，在任何一个地方，我们都没遇到过故人。因为处在热恋当中，人变得懒洋洋的，眼睛里是梦幻般的神情。团里的人说我们是天生的一对，是绝配。最初说这话的人暗含讥讽，当他们看见我们爱得那么深、那么无暇旁顾，他们说同样的话就饱含了真诚甚至羡慕。但我们明白，至少我非常明白，我们对他人的看法并非毫不在意。但那种看似虚幻的东西，比任何实在的东西更容易让人产生烦恼。我们感觉到了这一切，于是尽量长时间待在一起，长时间做爱，尽我们的本能在最基本的层次上把一切变成现实。我们互相鼓励，提醒对方崇拜我们共同创造的奇迹。

尽管我们在城市与城市之间辗转，我们还是决定结婚，并且选定其中一个城市买下房子，以便将来有一天，我们不能再登台时在那里享受余生。一切都很顺利，我有二叔的鼎力支持，买房没遇到什么麻烦。

在我的帮助下，女驯兽师的演出颇有起色。我告诉她，观众在乎的不是动物们的高难度动作，而是你和动物之间融洽的关系。要让观众动心，一定要表现你对动物的爱，这种爱必须发自内心。

我要她记住，人的好奇心永远不比爱心更大，如果好奇心像山中的溪水，爱心则像静静的大河。抛弃小的东西，抓住大的东西，这是最根本的选择。她由将信将疑到完全信服，仅仅用了三场表演。她抱着我的脑袋，赞叹我的智慧。晚上睡觉，她非要把大手盖在我的脑袋上才能入睡，她怕在梦中惊醒，没人告诉她明天该做什么。

智慧犹如营养成分中有养生功效的精微之物，并不是对所有人都适用，如果机体带有某种天生的缺陷，有时反而是有害的。我和女驯兽师的婚姻本来是不同寻常的。有多么不同寻常就有多么脆弱，这本来是常理，可我们（尤其是我）总是莫名其妙地予以否认。最糟糕的是，我本应感到这种否认的危险，但相反我感到的几乎是自豪。

如果不是特别需要，半边坡人是不会到镇上去的，有些人从生到死都没去过。那些遥远的城市，就更不会去了。所以我不可能在任何一个地方碰到他们。或者说，我一点也不担心碰到他们。女驯兽师就不一样了。她从小失去父母，是在孤儿院长大的，有一帮同样经历的伙伴。在一个叫天台的小县城表演时，她意外地碰到了他们中的几个。我热情地款待他们，他们表露出的惊讶和好奇并不比我们以前碰到的多，可女驯兽师接受不了，就像她的自尊在他们面前才猛然醒悟。从这天起我们一下疏远。我以为时间可以修复一切。可我错了，她不再称赞我的智慧，也不再抱着我像抱着一头小兽一样在床上打滚，不再和我一起上街。有一天，当我发现她重新像以前那样训练动物，鞭子抖得噼啪响，即使我在旁边，她也不会看我一眼。我看出来，她对我胸中涌起的各种感情最想说的一句话是：别再管我。

我怎能因为人性的弱点去责备她呢？我默默地等着她回心转意。团里的同事向我们投来小心翼翼的目光，他们不想贸然卷入不愉快的事情之中。可我看出来，他们同时还怀有一种早就知道结果而现在终于得到印证的窃喜，对我来说，这无疑是一种耻辱。在一个太阳把人晒得晕头转向的日子里，我主动提出和她分手。她装作很难过的样子，其实如释重负。我这样做，并不是为了成全她和他们，而是不愿背负更多的耻辱。观众对我的无精打采已经颇不满，再这样继续下去，那就是自掘坟墓。所以我和女驯兽师的分手不说皆大欢喜也至少是各有所得。我原打算永远不让半边坡人知道这些事，因为他们全都知道我娶了一个母马一样壮实的女人，他们没有少描绘我的未来，我的孩子将像玉米棵子临风而立，这样我就彻底摆脱了半边坡，我死后，我的孩子就不再因为“摇晃晃”这个称呼而难过。和明姜在一起，我却忍不住把失败的经历全都告诉她了。

我和明姜跑遍了村子之外的每一个角落，心中充满着对城市的思念，一种并无痛苦的思念。当夜幕降临，我们在软乎乎的树叶上躺下时，我总是不由自主地想起女驯兽师。

我告诉明姜，我会永远和她在一起，她稍显疑惑，我就紧紧握住她那双女巫似的小手。女驯兽师曾经嘲笑我的手不是手，是动物的爪子。她曾经因为它们小而非常喜欢它们，她嘲笑它时是在嘲笑她丈夫，她喜爱它时把它当成她最宠爱的那只小浣熊的爪子。我们的手从没有像情人那样握在一起，因为她的手太大了，我们只能用别的方式交流感情。明姜就不同了，我们的手大小差不多，只要她的手在我手里，她就会安静下来，并且对我更加信任。

第五章

1

白文太把受重伤的哥哥白文起背到镇上去看医生，镇上的人紧紧跟在他们后面，半边坡的“摇晃晃”无论什么时候出现在镇上，都能引起他们极大的好奇心。白文起痛得浑身难受，趴在弟弟的背上不停地哼哼，就像为了显示自己有本事似的，哼声悠扬婉转，一波三折，跟在他们后面的人听了，一边学一边哈哈大笑。白文太很恼火，用力拍了哥哥屁股两下，叫他不要哼。结果跟在身后的人都学他拍屁股，叭、叭、叭。白文太恨不得把哥哥丢到大街上，然后找个地缝钻进去。白文起难过地说，我本来要去死的呀，叫他不要救我，他不听，这下惹来那么多笑（孝）子笑，这是他的错呀，都是他的错。夹道相送的人没有听出他的双关语，他说一句哼哼几声，很像一种流行歌曲的唱法，夹白夹唱，于是更加让人发笑。白文太担心哥哥惹出祸来，责怪道，要哼你就哼吧，说什么话呀！跟在后面的人又一阵哈哈笑。他们已经笑顺了，这两个“摇晃晃”任何一句话或动作都会让他们笑个不停，即便不好笑的举动也会让他们发笑。医院前面有十几级石灰岩砌成的阶梯，这对镇上那些人不在话下，即使瘸了一条腿也能一歪一歪走上去。白文太看见这些阶梯一下傻眼了，他的腿太短，他背着哥哥往左边走过去，又往右边走过来，就像能找到为半边坡人设计的有小梯似的。这下把半月形围在身后的观众的肚子都笑疼了。有个好心人一边笑一边叫白文太绕道走救护车通道，两个“摇晃晃”这才走进医院。

白文太把哥哥背到医院就走了，叫哥哥伤好后自己回去。他不愿意在这里多待一分钟，震耳欲聋的笑声让他浑身散架似的难受。

回到半边坡，白文太愈加觉得自己蒙受了奇耻大辱，非雪耻不可。但他痛恨的对象不是那些笑疼肚子的人，而是那个和此事并不相关的何首乌。这一点他和大多数半边坡人一样，在外倒霉，回家却拿女人孩子甚至猫猫狗狗出气，除非施辱者的力量和他相当，有战而胜之的可能。白文太说如果没有乌人，他哥哥就不会受伤，哥哥不受伤，他去镇上干什么呀，他不去镇上又怎知道那些高脚鸡有多么讨厌。他砍了一根竹子，往上面绑了一个锈迹斑斑的梭镖锲，做成一支用他身高丈量十下才能量完的长枪。走进哈卫国家院子，看见那个孩子正舔铁栅栏。他说：你这个祸害！举起长枪向孩子捅过去。

他来势凶猛，要不是竹竿太长又是斜戳上去的，他无法控制摇晃得厉害，否则那孩子准被他捅个对眼穿。两个正在打盹的守卫一跃而起，一个用枪托狠狠打在白文太的肚子上，一个朝天开了一枪。

白文太被打坐在地上，那个打他的人调转枪口对着他，命令他蹲着不动，否则叫他脑袋开花。白文起说，开呀，你开枪呀。

哈卫国像装了轮子的冬瓜一样碎步跑过来，问发生了什么事。白文太说，哈卫国，我是来帮你除害的，自从曹刚丘挖到这个害人精，它带来的就是灾难，已经有那么多人遭殃了，你还不赶紧把它劈掉烧成灰，等别人都倒过霉，最后就要轮到你自己了。

哈卫国叫白文太站起来，白文太以为村长要他好好说他的看法，第一句话还没想好，哈卫国便左右开弓，掴了他几十个耳光，掴完后叫他滚。

半边坡人脸大手小，几十个耳光算不了什么。白文太跺着脚，痛心疾首地说："哈卫国，你不相信我的话，你离倒霉的日子已经不远了！"

哈卫国派人联系的买主来了一拨又一拨，他们爬上梯子，看"成了精"的何首乌。孩子被关得不耐烦，有时懒得理人，有时朝看他的人扔东西，有时撅着屁股向来人放屁，有一次，他甚至往看客脸上撒尿。因为看客站在梯子上，来不及撤退，满身满脸都被尿湿了。有一次，他趁观者不注意，将一根胡萝卜从铁栅栏之间捅出来，刺伤了观者的眼睛。他哈哈大笑，在笑声中感到了胡作非为的乐趣。

伤者捂着眼睛找哈卫国赔医疗费，哈卫国说他没钱，他唯一能办到的是可以让他爬到笼子上继续观看。每个近距离观看的人都交了押金。哈卫国说这次他可以不交押金，而且随他看好久。

这些买主从梯子上下来，都要狠狠地把哈卫国奚落一番，说他用这种把戏来骗人，太拙劣太不要脸。哈卫国对任何指责和嘲弄都不屑一顾，他孤傲地摇着头，眨了两下指甲掐出来的细眯眯的眼睛，看着虚空里的某个地方说：没有一个识货的人，到现在还没有一个识货的人。

尽管这些外乡人切半截儿也有哈卫国高，但哈卫国没把他们放在眼里，他像村子里其他人一样不喜欢到半边坡之外的地方去，可在这儿，与其说他是村长，还不如说是一位酋长。

又过了几天，再没有一个外地人踏上半边坡的土地。最后一位忠心耿耿的守卫经不住老婆的唠叨，请求哈卫国允许他白天种地，晚上去当看守，地里的杂草已经半尺高了，要拨开杂草才能看见禾苗。白天干活，晚上站着都能睡觉，枪掉在地上也不知道。哈卫国叫他回去睡，不要再来了。哈卫国把“乌人”从笼子里放出来，在“乌人”的脖子上系了一条铁链子，关在他睡觉的小屋子里。

村里人对乌人逐渐失去热情。对他们来说，秋收冬藏、牛欢马叫、瓜熟蒂落，这些看得见摸得着的事毕竟比子虚乌有的财富实在得多。

我以为，哈卫国把一个活生生的人当成何首乌，是因为他骑虎难下，是他已经走进死胡同却不愿出来，出来就等于承认失败，承认失败他将名声扫地。可接下来的事情证明，我的猜测太简单太肤浅。哈卫国的爷爷是桶匠，父亲也是桶匠，半边坡所有的木桶都出自他们的手，桶底都有一个烙铁烫煳的“哈”字。哈卫国年轻时也学过，他做的桶又结实又笨重，和他的身体一个样。当上村长后，他一只桶也没做过，村里人以为他再也不会做了，他弟弟哈卫健的手艺已经炉火纯青，一个蹩脚的桶匠已经没有立足的空间。但这丝毫掩盖不了哈卫国是桶匠后人的事实，他对木桶的用途比一般人更有心得。他家有一个装豆子的圆桶，这天他不顾老婆反对在圆桶上戳了八个眼子，把八根竹竿捅成的管子插上去，他把头伸到圆桶里讲话，这样他的声音就可以传向四面八方。哈卫国只花了半个时辰就把这个扬声器做好，这是全世界独一无二的扬声器。这天早晨，他把扬声器倒挂在树上，把头伸进去发表了一通声情并茂的演说：

“在地里干活的，放下你们的锄头；在家里炒菜煮饭的，先放下手头的锅铲！站着不要动，听我讲话！依我的主见，现在最当紧的事情，不是播种不是收割，是赶紧把乌人卖了。有人说他是张齐发的娃儿，我不管这是谁说的，我全当放屁！我的老爹们，我的老太们，我的兄弟姊妹们，我的侄儿媳妇们，你们很少到外面去，你们最远也不过是到镇上，外面发生了些什么你们当然不知道。我毕竟当了这么多年村长，每年都要外出几次。我把我看见的告诉你们吧：我看见他们把山卖了，我不知道山肚子里是啥东西，反正卖掉的山都被掏空了；我看见他们把庄稼地卖了，地里不再长庄稼，只长料礓石和水泥锅巴；我看见他们把湖卖了，湖里不再有鱼，只有一湖黑汤汤；我看见他们把河卖了，河里的水只有马尿那么大一股，但比马尿臭多了；我还看见他们把山林卖了，把石头卖了，把水井卖了。我的老爹们啦，能卖的都被他们卖掉了，不能卖的也被他们卖掉了。外面的世界只有一个字：卖！你们没有看见过他们说话，我告诉你们，他们遇到你时嘴一张，第一个字就是卖。听上去像在说，你好、你来了、你请坐。其实一看口型就知道，实际上说的是：卖，我卖。那种场合有多折磨人你们是不知道啊，每次我都又着急又难过，半边坡有啥子可卖的啊？什么也没有哇我的先人……老天爷可怜我们，让这个万年何首乌在半边坡成了精，我们不把它卖掉，不卖个好价钱，就是不记老天爷的情！张齐发死了那么多年，哪有什么儿子呀。乡亲们啦，如果连我们自己都不相信，不相信这是万年何首乌，那么还有谁会相信？从现在起，我不准任何人再胡说八道。现在正是农忙季节，我放下自己的地不种，去为大家卖何首乌，你们去打听打听，天下哪有这么好的村长。我本来应该叫你们大家出钱给我当盘缠的，可我体谅到大家的困难，决定自己掏腰包，到时候从卖得的款子里扣除就行了。老少爷们儿，我这一去不知道什么时候才能回来，我只希望你们看在我为你们奔波的分儿上，对我地里的杂草看不顺眼就薅上一锄，种庄稼时软下心多管一下我的闲事，收割时同情同情我屋里的伸个援手，我哈卫国在外面吃再多的苦也心甘情愿……”

哈卫国泣不成声。他的胸前挂着公章和放大镜，太阳光照射在放大镜上，一束反光随着他胸脯的起伏摇晃着。这个土包子，他要戴着这两个挂件出门。

2

我对哈卫国含沙射影的指责并不在意，我担心的是被铁链子锁住的孩子。我和明姜从寻找忘忧草那天起，每到黄昏我们就站在村子对面的林子里朝一栋栋黑瓦房喊话，告诉大家哈卫国找到的不是什么乌人，而是张齐发的孩子。哈卫国派人追赶我们，我们喊上几声就赶紧离开，因为追赶上来的人扛着火枪。

哈卫国在演讲时声称他感到恐慌，他感觉外面的世界正在被出卖。这虽然是他用来迷惑村里人的，是他为自己准备卖掉乌人所进行的辩解，但他声情并茂列举被卖掉的东西时，他心里的恐慌不是装出来的。他没有说自己多么恐慌，半边坡人也不知道恐慌这个词，可他们能真切地领会到它的存在，并被这种存在折磨得不知如何是好。

我在城里时，看到那些在没有屋檐的大楼里挣生活的人，他们总是怀着某天丢掉饭碗的恐惧，他们拼命捍卫自己的地位和权利，很多时候，他们已经没有力量来捍卫人格的尊严。我原以为，半边坡人不会这样，他们在有屋檐的黑瓦房下生活，在地里挣饭吃，任何时候都不用害怕被赶到天底下去，天底下那么宽，他们的根牢实着呢。可听了哈卫国的话，我发现他们同样慌张，有一种与生俱来的不安全感。

即使我和明姜不在林子里叫喊，村里人也明白铁链子拴着的不是什么鸟人，他们并不糊涂。可他们和哈卫国一样，对半边坡没什么好卖的而自卑。卖掉什么东西并不是为了分钱，不是为了生活得更好，要晓得，他们既不是见钱眼开的贪婪鬼，也不是非要穿上绫罗绸缎才能出门的空虚之徒。他们之所以恐慌，是因为他们怕被时代抛弃，怕和外面的世界相距太远。虽然外面的世界从没把他们当回事，他们说到外面时也总是用敬而远之的口吻。但有史以来，他们特别在乎外面世界变化的进程；他们没有想过与外面的世界融为一体，但他们没有少担心自己跟不上时代的步伐。这样说他们的时候，我心头也涌起一阵莫名的短暂的惊慌，好像我流着和他们同样的血，也将无法摆脱类似的可怜巴巴的魔鬼似的欲望。

我坐在树杈上等待夜幕降临。我想好了，天黑后打开哈卫国家猪圈门，在猪屁股上狠狠抽上一鞭，趁他去赶猪时把孩子救出来。明姜已经帮我从王三笋那里借了一根扁錾和一把手锤，它们足以斩断拴住孩子的那根生锈的铁链。

空气中弥漫着野花闷头闷脑的气味。一只斑腿树蛙跳到我面前，我的手正痒，正想用锤子敲一下什么东西。我把手锤朝它掷过去，心想打不中的，它多灵活呀，可它一动不动，看着我发呆，就像一只没有生过蛋的小鸡尝试着生蛋。跟它身体一般大的锤子打在它背上，它跳了一步，然后艰难地往草丛里蠕动。我不禁后悔起来。唉，我承认，我有种莫名其妙的不安，脑子里的杂念挥之不去，这是以前从未有过的现象。我对马戏团，对女驯兽师，对舞台，对到过的城市，对飘浮着尘埃气味的空气，对城市里嘈杂的声音，对那些我不认识的面孔，突然间充满了不可遏制的想念。

天黑下来，我转动大脚趾，等待夜色更黑。

我刚到马戏团那几年，大多数时间在尧山演出，哈卫国去找过我。他听说有一种天锅，把它安放在房顶上就能看到别人做的事情。他叫我带他去买一个。当时电视还不普及，我也不知道他说的是什么玩意儿。我带着他在大街小巷所有卖锅的门市部打听。尧山人不知道“摇晃晃”这个诨名，可他们看我们的神情，比这个诨名更让人不自在。他们对我们的身材既好奇，又拼命压抑着这种好奇；对我们客客气气，又总是想取笑几句，不能帮上任何忙，又非要打破砂锅问到底。他和我一起住了三天，除了上街和看我们排练，他最喜欢的是听马戏团的魔术师说话。这个魔术师原先是走江湖卖跌打药的，只能表演几个简单的魔术，但他的嘴特别能侃，只要有时间，侃几天几夜嘴也不软。天下事从他嘴里出来，大多颠倒过个儿。哈卫国一有空就往他身边凑，听他胡吹乱侃，半张着嘴，魔术师的唾沫星子飞进他嘴里也浑然不觉。魔术师说，英国为什么叫英国，是因为秦始皇修建了万里长城，万里长城挡住了西边的阳光，西边一年四季见不到太阳，全是阴天，所以叫阴（英）国。英国人常年生活在阴影里面，皮肤像纸一样白，而且眼仁是蓝色的，身上长满了卷曲的细毛，这和生活在暗处的动物一个样。有一天英国人发现自己吃亏了，扛起洋枪洋炮，想要摧毁挡住阳光的万里长城。这还了得？万里长城永不倒，哪能让洋鬼子摧毁。有一个卖跌打药的先师，给保卫长城的人吃了一种药汤，这些人因此刀枪不入，洋枪洋炮拿他们无可奈何。长城保住了，那个卖跌打药的人却没得到好下场。有个贪财的中国人把他出卖，英国人把他抓走了。英国的草都没见过阳光，配不出那样的跌打药，但他在英国开了一家药店，发了大财。钱多得没办法搁，他把钱卷成一根根棒子，像码柴一样码起来，码好几间屋。知道不哇，英国从此把钱不叫钱了，叫英棒（镑）。前年，他的后人从英国回来，想找那种刀枪不入的草，全中国找遍都没找到。他不是不认识那种草，而是找到的草都和卖跌打药的先师说的不一样。他放出话来，谁找到这种草，他给他一万英棒（镑）。我不知道一万英棒（镑）是好多，反正一辈子任你吃喝玩乐都花不完。

哈卫国对魔术师的话深信不疑，回到半边坡后，在他看来多少有点特别的草都挖来种在屋后的菜地里，期待那个英籍华人某天来这个百草园看看，有没有他要的那种草。没买到天锅，他一点也不遗憾。他把魔术师的唾沫星子视为甘露。他住在我那里时，和我同住一屋，半夜里，他突然爬起来问我一些莫名其妙的问题，我懒得理他，他才重新躺下。半年后，我回半边坡探亲，发现稀奇古怪的传说比狗尾巴草还多，我这才知道，哈卫国不但把魔术师的唾沫星子当成了甘露，还把它当成自以为是的种子。村里人把这些种子播在心窝里，用想象力去耕耘，长出一片无根无据的东西，他们以为，这就是外面那个五光十色的世界。他们说，在很远很远的地方，那里的人比半边坡人还矮，他们不吃饭，只吃一种叫面包的东西。面包是树上结的，村里全是面包树，他们不用干活，饿了爬上树把面包摘下来就行了。其实他们除了没长尾巴，其他地方都像猴子，爬起树来和猴子一样快。

夜色完全笼罩了村庄。我叫明姜守在院墙外面，看见猪出来把它们往玉米地里赶，看见哈卫国出来躲到竹林深处去，感觉不对劲就用石头敲竹竿，一下一下慢敲表示哈卫国追出老鼻子远，这时最安全，一慢两快表示哈卫国把猪赶回来，我必须赶紧离开。明姜很害怕，她把我的手拉过去按在她的胸口，我叫她把自己的手放在那里，一下一下数，数到一百下就不会害怕。

哈卫国家院子很安静，我从竹林后面探出脑袋观察了一阵，确认没什么危险，然后顺着院子边的瓜架摸了过去。院子里悄无声息，我暗想，这么早就睡了？猪圈在正房侧面，我很顺利地推开猪圈门，听见猪畅快地打着呼噜，看不见猪在哪儿，里面太黑。我提着棍子钻进去，往发出呼噜声的一角拍了拍，猪委屈地叫了两声，随即又睡了过去。我狠狠地踢了两脚，它终于醒来，但爬起来后不往门口跑，而是就在里面转圈儿，即使赶到门边也会如临深渊似的转回来。它十有八九把我当成屠夫了，以为只要走出猪圈，冰凉的刀子就会插进它的喉咙。好吧，我想，我拖也要把你拖出去。我揪着猪尾巴往门口拽，猪用蹄子紧紧地刨地，痛得受不了时后退几步，我一松劲，它立即收复失地一般回到原处。我累得大汗淋漓无计可施，这头固执的猪反而从容起来。拽了一阵，猪发现我不是它的对手，尾巴不可能被拔掉，于是自如地拽着我前进。我的脚底粘了猪屎，很滑，像两块滑雪板。若不是在猪圈里，这倒是一项很好玩的运动。有好几次它突然停下，我刹不住脚，脸一下撞在它的屁股上。这一撞，它以为我要咬它，重新拖着我飞奔。它越快我越不敢松手。我好不容易站稳，扶着墙壁抹汗喘气，它却趁此机会拉出一堆猪屎。以它的习惯，这泡屎要到天亮才拉，是刚刚结束的拉锯战使它提前排便。在这堆热气腾腾的粪便面前，我承认了自己的失败。

我蹑手蹑脚走到院子里，躲在一棵橙子树后面。屋子里仍然没有动静，没有人出来或者点灯。难道家里没人？我捡了块石头，往板壁上掷过去，仍然没有人出来。我绕到关小孩的小屋，准备用扁錾撬门。肩膀无意中碰到门上，门一下就被推开了。我吓了一跳，以为中了埋伏。我退到旁边的拐角处，如果有人来，我可以往玉米地里跑。我意识到一定出了什么事，否则不可能让我如此轻松就接近这间屋子。我站在门口，轻轻叫了两声：小孩、小孩。没人回答。我摸进去，踩到了铁链，像在南瓜藤上摸南瓜一样往两头摸，摸出一头拴在柱子上，另一头是空的。小孩不见，已经被带走。这时我听见竹竿响，忙退到屋子外面，朝明姜跑过去。

3

明姜平安无事，她见我半天没出来，也没见猪出来，急了，敲竹竿把我唤了回来。我告诉明姜，小孩不见了，哈卫国已经把他带走。明姜什么也没有说，虽然黑夜里什么也看不见，但我感觉出来了，她对小孩的失踪并不关心。仿佛只要我没出什么意外，其他事都不在她关心之列。对此我多少有些不快。不快二字并不能完全说清我的感受，我努力寻找符合表达当时心情的语句，似乎除了不快，还有些许失望。就像一个男人在进行一件正儿八经的事情，却得不到爱你的人的理解和支持。

我犹豫起来，不知道下一步该怎么办。

我并不认为生活会有所改变。虽然马戏团明文规定，旷工七天以上自行解除劳动合同。我回来已经半个多月，随它去吧。有一点我现在才明白，每次回来之前，我心里都很激动，回家、回家，我要回家。我因此自作多情地同情那些从小在城市长大的人，觉得他们无家可回。可每次回来后，总是很快就感到失望，村庄并不比以前更荒凉，但总觉得她不是想象中的样子。一切都那么熟悉，却又那么生疏。远远的田埂上有一棵树桩。我小时候，它就是一棵树桩，每年都有枝条长出来，但每年都被砍掉了。大树是不能长在稻田之间的，它高大蓬松的身躯会造成大片稻子减产。种稻子的人不忍心将它整个儿砍掉，却又每年都修掉多余的枝条。修成光身子它会死掉的，必须保留一到两枝。所以这既是一棵树也是一棵树桩。它的形象看上去与其他树迥然不同，孤独地嵌在田野里，怜悯之情油然而生。

星光不大明朗，所有的东西都看不清楚，有种被蒙蔽的感觉。

我和明姜默默地走着，把思考、决定、选择交给双脚。当我发现明姜磨磨蹭蹭没跟上来，我才同时发现快到二叔家。明姜是不会进任何一户人家的，她早就把自己排斥在所有人之外了。她站着不动。我说你回去吧，你已经好几天没回家了。我看不见她的眼神，但我能感觉出她的迟疑不决。我向她挥手再见，她没有任何表示。在半边坡，握手呀，说再见呀什么的会让人不好意思，他们有另外一套繁文缛节。明姜的影子越来越模糊，越来越快，她在跑。我有点内疚。想叫住她，最终却没开口。

二叔家也没人。门上挂着一把大锁，大锁已经被雾气濡湿。我想把它拧下来，但又湿又薄的水气弄得我的手很是不爽。我退到院子里，发现寻找乌人时挖开的壕沟已经被填平。如果不是这圈新土的颜色与众不同，真会让人以为这里什么也没发生过。

我去王三笋家，本想打听二叔二娘的去向，可王三笋家也没人，关门闭户黑灯瞎火。

难道都跟哈卫国一起卖乌人去了？我不相信。我首先想到去看看父母，他们应该在家。我父母从没进过城，他们闻不得汽油味道。父亲在镇上闻过一次，从镇上一直吐到家，到家后闻到从镇上吹来的风他都会吐。这次可怕的经历差点要了他的命。而他对那种气味的描述就让母亲吐得眼泪汪汪。其实他闻到的不单纯是汽油味，而是和汽油味搅在一起的市镇味。马戏团的团长选中我时，我父母最担忧的就是我和他们一样闻不得那种气味。这些年来他们总是担心我这样担心我那样，我们坐在一起时，从没有一起度过一个愉快的晚上。要么没什么话说，要么就是述说着他们的担忧，这些担忧几乎全是无中生有，我每次都是越听越不耐烦。唉，我不得不承认，我来看望他们是出于一种义务，而不是出于爱。每次回来之前，我都想过，要和他们度过一个愉快的夜晚，说说笑笑，聊聊类似“那才好笑呢……”之类的话题。可还没到家，甚至还没走进半边坡，我的心情就变了。就像这里有一种特殊的东西，一种有毒的东西，它让我一下失去耐性。如果别人都和哈卫国卖乌人去了，而我父母没有去，他们一定会惶恐不安，甚至难过。我想好了，一定要好好安慰他们，想方设法逗他们笑。可刚走进院子，我就知道我的想法不可能实现。

父母也不在家。我从晾衣竿里掏出钥匙。屋子里的一切都是我所熟悉的。桌子、板凳、水缸、挂在钉子上的鞋圈，一切都以令人放心的形象和方式存在着。

我锁好门，钥匙放回原处。我必须去其他人家看看。

我接连走了四家，我站在院子里大声问：喂，有人在家吗？没有一个人回答。

我不禁害怕起来。

刀刃似的月亮终于升到天上，薄薄的月光很宽广，但软弱无力，到处是宁静和阴影。不过，与其说它同时制造出了宁静和阴影，还不如说它把一种担心掩盖在了另一种担心之下。

我的确很担心，可我并不清楚自己担心的到底是什么事情。这有点像古时候某个等待受刑的人，他并不怕死，因为他知道自己免不了一死，但他会担心行刑官给他一个什么样的死法。就我的心情而言，这不是一个恰切的比喻。我不过是突然想到了他们，那些因为一些莫名其妙的事被判处死刑的人。

我又走了好几家，我直接走上去，把门拍得咚咚响，大声说：强盗来了！偷东西的人来了！

还是没人理我。

我小时候，有一阵村里人都在谈论地震，我已经忘记了当时他们说了哪些话，但我一直记得因此产生的恐惧。地震发生了，所有的房屋都翻了个过儿，我看不见任何人，别人也看不见我。为此天天做噩梦。此时此刻，似乎部分地再现了当年梦中的情景。或许，这正是当年那个梦的延续？

我像一条目的不明确的狗，东家进西家出。从被当成神树的檬梓树下路过时，我听见一个声音问我：你在找人不是？你不要找了，他们全都不在家。声音来自树上，我却看不见人在哪儿。上来吧，你上来。这棵树太大了，平时没人敢爬上去，因为它被当成半边坡的保护神之一，那些时运不济的人在树下烧过纸钱。我爬到横生出去的巨大枝干上，看到一个兔子似的影子在叶子后面。我拨开树叶，不禁吃了一惊，正是那个被当成何首乌的孩子。

“过来嘛，你过来。”

横生的枝干上长出三股水桶粗的直立向上的树枝，三股树枝的分蘖处像一把大椅子。对他来说，不是椅子，而是完全可以当床。我扶着树枝站在他面前。

“你不是被哈卫国带走了吗？”我问。

“没有，他讲完话就把我放了。”

“这到底是怎么回事啊？”

他折了些树枝铺在“椅子”上。热情地说：

“来吧，你进来坐一会，你走累了。你坐下听我慢慢讲。”

“你这孩子，太神出鬼没了。刚才我还去找你呢，怕哈卫国把你卖掉。”

我爬上去，和他坐在一起，他个子太小，再来两个人也坐得下。

“哈卫国不会卖我的，他知道我是谁。你说得不错，张齐发确实是我爹。不过我可不是什么孩子，我至少比你大十岁，你应该叫我大哥。你今年多大了？”

“二十八。”

“我比你整整大十岁。”

我看不清他的表情，但我能感觉到他正得意地微笑。他不时用木槌敲击一下树皮，敲击过后把耳朵贴在树皮上仔细听。

“可我从来没听说过你呀，你叫什么名字？”

“我父亲忙他的飞行，没时间给我起名字。我母亲给我起了一个，长期没人叫，连我自己也忘了。我父亲都死了快二十年。我母亲死得更早，已经三十多年。”正好一缕月光照射在他脸上，我看见他苦笑了一下，“我父亲想飞，我想长高。那年，我熬了一锅药汤，本意是长高点，谁知从那以后不长了，身高固定下来。我喝过的药汤有多少，我自己也记不清，有一次喝了菟丝子熬的汤，我身上就开始蜕皮，身上的皮像衣服一样，轻轻一揭就起来，揭起来一点不痛。”他往我这边靠了靠：“你摸吧，我的皮肤像刚生出来的小孩一样，又嫩又滑。”我并不想摸，为了给他面子极快地摸了一下，并告诉他，我见过他蜕皮。他笑了笑，说，“我不知道是菟丝子草起的作用，还是先前那些药起的作用。”他不但身高像五六岁的孩子，声音更像。可他说话的内容却像一个老人，又啰嗦又不大注意连贯。

“你在你二叔家的地窖里看见我。你知道我想干什么吗？我想去弄一点何首乌加在我的药里面，可它已经被偷走。我知道是谁偷的。”

“谁？”

“你不要急嘛。何首乌只能让人长寿，不能让人长高，可我还是想去弄点来试试。你知道什么是‘想’吗……你知道的，你只是不愿意说出来。人长了个和畜生不一样的脑袋，这个脑袋里有一种特别的东西，这种东西就是‘想’。半边坡人的脑袋里有，天下所有人都有。只不过每个人的‘想’不一样。有些复杂，有些简单，有些‘想’让人高看，有些‘想’像毒药一样毒。我这辈子，只为一个‘想’活着，就是长高点，再长高点。这种想钻进我脑子里那天起就没有改变过。我试图改变一下，因为我明知自己不可能再长高。可是要改变‘想’太难，比改变身高还难……哈哈，被它牵着，叫你干什么就干什么，像狗一样。”

他从敲击过的树皮上拈起一个什么东西放进嘴里。

“哈卫国一开始就知道我不是什么乌人，他和我达成协议，叫我替代一下，他以为可以用这种办法把真正的何首乌找出来。昨天早晨，天快亮时，应该是前天。他前天早晨讲那番话是最后一招，没有人信他的，只有你信以为真。”

“到底在谁手里？”

“不要急，我会告诉你的。哈卫国特别想得到何首乌，并不是想卖钱，更不是想卖了把钱分给大家，他想把它当成药吃掉，他想长生不老，像彭祖一样活个几百岁。偷何首乌的人是王三笋。并且是从你眼皮子底下偷走的。那天早上你替二叔写信，可有一会你趴在桌子上睡着了。王三笋趁机钻进柜子，把何首乌偷走了。”

我打断他的话：“我没有睡呀，我只趴了一小会，并没有睡着。”

“你以为你没睡着，实际上完全睡着了，并且睡着的时间还不短！”

“王三笋怎么知道何首乌藏在地窖里面？”

“他在你二叔家屋后的树上挂了面镜子，再在另一棵树上挂一面，这样他坐在树林里就知道你二叔在屋子里干了些什么了。”

我还是不能够确信，即便我睡着了，二娘还在家呀。当然，她在厨房，王三笋完全有可能趁她不注意溜进屋来。

“还有一件事，你也一直蒙在鼓里。带你去看草的人不是明姜，而是明黄。王三笋为了转移你的注意力，故意叫明黄装成明姜带你去看什么异草，其实那是棵普通的草，我去看过。那棵草的名字叫石香菜。它长在大树下，又在其他草的包围之中，看上去和长在别处大不相同。就像大家都是人，落生在半边坡就成了‘摇晃晃’。你被狗咬伤后，那个救你的人才是真正的明姜。半边坡的人没说错，明黄是香的，明姜是臭的。王三笋和明黄的计策明姜并不知道。”

我试图把这十几天以来发生的事好好想一想，可他又说了下去：

“你和明黄去看草的时候，明黄对你的感情并不完全是在演戏。你是半边坡为数不多的能够在城市里生活的人，没有人不羡慕你，明黄对你更是充满了敬仰。但她毕竟和王三笋结婚还不到三个月，还不好意思全心全意就投进你的怀抱。有一点你肯定不会想到，如果你愿意带她们走，让她们中的一个和你一起生活，那么愿意跟你走的是明黄，而不是明姜。那天她骗你去看草，她一下就迷上了你。她是个敢作敢为的女子，不管你去哪里，她都愿意跟着你。虽然明姜也喜欢你，但她是不会跟你走的，她不会离开半边坡。”

我不想听，不管他说的是不是事实，我都不想听。或者说，现在不是谈这些的时候。

“何首乌在哪里？”

“已经不存在了。哈卫国最后一招让王三笋中计了，他以为哈卫国真的会把一个活人当何首乌卖掉。哈卫国离开半边坡不到两个时辰，王三笋也出发了，他抱着真正的何首乌，准备到城里去卖个大价钱。他走到乌江边就被哈卫国截住。村子里的人也不笨，他们全都在暗中注意哈卫国和王三笋的动向。因为王三笋离你二叔家最近，他是最大的怀疑对象。哈卫国和王三笋在江边还没达成瓜分的协议，后面的人就赶了上来，他们争执不下，最后石有孝把它砍成了几十块，他并不是要砍碎了分给大家，而是想把它抛到江里去，因为这个乌人害得他像乌龟一样抬不起头来。他还没来得及抛就被大家抢了个精光。有人得一块，有人得两块。每个人都不满意，但又都觉得总比什么也没得到好些。公平，至少。这些‘摇晃晃’，全都像中了邪的人。”

“这是什么时候发生的事情？”

“昨天上午。”

“这么说他们全都进城卖何首乌去了？”

“卖什么何首乌，一人一块咋个卖？”

“他们到哪里去了？因为难过跳到乌江里去了吗？”

我感觉自己既无奈又心烦。他说得对，这些人中邪了。

“他们没有难过，也没跳江。他们在为他们的‘想’拼命干活呢。天快亮了，天亮你就知道了。现在你先靠一会吧，你太激动了。”

他说着又把什么东西放进嘴里。

“你吃的是什么？”

“应声虫。它们藏在树皮底下，听见敲击声就会钻出来。”

“是为了长高吗？”

“我听人说过，我不知道有没有用。你睡吧，我不敲了。我已经吃了不少，感觉一点用也没有。”他叹了口气，“我越来越轻。若是能装上翅膀，说不定真能飞起来。我爹飞不动，是因为他太重。”

我在二叔家地窖里遇到他时，他的说法可不一样，他说最重要的是轻，现在却为轻难过起来。不过，极有可能是我没有理解他说的轻。我没有点穿他的另一个原因是不想和他讨论这事，我的脑子正在发沉，像铁球陷进羽毛中一样。

檬梓树是从一堆乱石头里长起来的，它一开始就被石头挤得东倒西歪。扭曲的树干可以解释它为什么一直没被砍掉，却不能解释半边坡人对大树的理解和看法。有用的树长大后就会被砍掉，没用的树反倒被当成神树保留下来。

4

这么多年来我没有让别人叫醒过，该醒的时候我会按时醒来。可那天早上他扯着我的头发才把我叫醒，他的力气比五六岁的孩子大得多，感觉一绺头发被他拔下来了。他说他叫不醒、摇不醒，只好扯头发。虽然我并不高，可他踮起脚才能够到我的头发。

我爬起来，手从树叶上拂过，撸得一把露水抹了抹脸。他又在捶树皮，似乎收获不大。我并不是第一次和他离得这么近，可前几次没有好好观察他。他的脸、他的皮肤、他的眼睛都和儿童没有任何区别，眼角没有年近四十的人应该出现的皱纹，眼底深处也没有因为尝过苦头留下的忧郁。而是一种顽劣和纯正的光泽，不把他当孩子太难了。不过，所有的这些都可以放在一边，最让人惊讶的是他的身材。他的身材非常匀称，下身比上身稍长一些，这和所有的半边坡人不一样，半边坡的“摇晃晃”上身长下身短。如果有一种药能让他长高……我几乎忍不住要嫉妒了。

他说：“你去江边找他们，他们全都在那儿。”

我滑到树下，他叫住我，郑重地说：

“我希望你留下来，半边坡现在需要你。你已经看出来，半边坡需要一个有正见的引路人，你来当村长，把他们引到正路上来。”

“我行吗？”

“怎么不行？只要你把心留下来，他们会相信你的。你呀，根本不是能力问题，我最担心的是你的心留不下来，你喜欢的是城市，喜欢的是你已经习惯的生活。你对半边坡又爱又恨，你愿意为它做些无关紧要的事，如果不是生在这里而是生在其他地方，你对那个地方也一样。我觉得，你应该为它做一件大事，不是因为它养育过你，而是因为只有你能做到。你在台上装鬼脸，扮傻相，逗台下的人哈哈笑，这很好，又轻巧，收入又高。但是，如果你把半边坡人引到正路上来，让他们人是‘摇晃晃’，心不要也是‘摇晃晃’，这比你逗笑一万个人更重要。说不定，老天一感动，下辈子让你投生到其他地方，一生不再为自己是个‘摇晃晃’难过……我经常想，是不是我们上辈子因为什么事心眼太小了，小得太不像话，老天爷为此惩罚我们，让我们托生在半边坡……嘿嘿，扯到哪个麦子坡去了。虽然改变一个人脑子里的‘想’很难，但所有的‘想’不是都像蘑菇一样，总有个生根发芽的地方，把这个生根发芽的地方铲它几家伙，即使有菌包也只能在土里烂掉，长不出来。你去吧，我不是在劝你，我是在提醒你。”

那张娃娃脸往后一缩，话音落到我仰着的脸上，我满脸不以为然。

我怎么可能留下来当村长？他说到我的心病，我喜欢城市，我无时无刻不在怀念它，那是我日思夜想的地方，我怎么可能留在半边坡！唉，我甚至发现，我一直爱着女驯兽师，过去爱她，现在依然爱着她，我对她的不在乎完全是装出来的。

我才不想管半边坡的闲事，他们喜欢干什么干去吧，喜欢想什么想去吧。

一阵风吹来，晨曦下的野草全都卧倒。

我什么时候装过鬼脸、扮过傻相？自己没有到过城市，没有看过我的表演就不要乱说嘛。

在半路上，迎面碰上几十个挑担子的人。由于他们身材矮小，担子又低，第一下看见，还以为那是走在一起的三个人。“挑什么呀？”我问他们。“耍玩意儿。”他们说。看得出他们既疲倦又兴奋。直到我父亲和二叔走来，他们才停下来让我看看到底是什么东西。

竹筐里是黑褐色的石球，有鹅蛋形的，也有浑圆的，面上遍布黄豆大小的凹坑，像球形蜂窝。

“二叔，这是什么东西，你们挑回去干什么？”

“不干什么。耍玩意儿。”二叔难为情地说。就像我会指责他。

我看了父亲一眼，父亲说：

“别人都来挖，我们……嘿嘿。”

“大坡脚那块玉米地里也有，怎么不在那儿挖？”

“大坡脚没有，原先那几个也是从江边搬来的。”

“连它是什么东西都不认得，挑回去干什么？”

“他们说有可能是神龙蛋。”

相传古时候有个叫刑天的巨人，对炎帝让位给黄帝极为不满，提着盾牌和大板斧大骂黄帝，要他把帝位还给炎帝。黄帝不答应，刑天把黄帝部落杀了个人仰马翻。但最终，就像所有的这类英雄人物一样，刑天被结结实实地绑了起来。刑天骂不绝口，黄帝火了，砍下刑天脑袋。可刑天仍然不肯服输，他以双乳做眼睛，以肚脐做嘴巴，发誓和黄帝血战到底。黄帝为了彻底毁掉刑天的阳刚之气（一说是为了断后），把刑天的尻子剜下来，可他刚剜出一个，刑天咯唧、咯唧又长出一个，直到剜掉九十九个，刑天终于气绝身亡。另外一种说法，是炎帝、黄帝、刑天都是龙，他们白天为人形，晚上一睡着了就恢复成龙形。黄帝的女人生了一批龙蛋，正准备孵化成龙子龙孙，眼看就要断子绝孙的刑天把自己的龙蛋混了进去。黄帝区分不出来，只好把这些蛋埋在深山里面。对传说中的神龙蛋，半边坡人深信不疑。

半边坡人至今还在纪念刑天与黄帝的战斗。秋收的时节，干活干愁烦了，一个人将箩筐顶在头上，露出光肚皮，用黑泥巴画出鼻子眼睛，饰没有头的刑天，另一个将送水的黑色敞口瓦罐锅戴在头上，饰黄帝。唱词里说，我们半边坡人是刑天的后代，如果黄帝不砍下他的脑袋，不剜下他的卵子，我们就不会是“摇晃晃”。悲哀呀悲哀，我们本来是巨人。每次都把大家唱得眼泪汪汪、唉声叹气。即便尻子这种平时觉得粗俗的词，在那一刻听来也充满了悲情和诗意。尻子的原意是屁股，半边坡人用它指代睾丸。

我在城里生活的时间越长，对这类传说越是嗤之以鼻。甚至觉得他们之所以相信，是因为他们愚蠢。可回到半边坡，要融入到和大家相同的语境中，什么也不信只有什么也不说。比如，在城里没有相信鸡的叫声有寓意，可在半边坡，鸡什么时候叫，叫声如何，不但可以预示其主人未来的命运，甚至还和生死有关。而他们说这些事的时候，只用极少的几个字就能互相明白。“听见了吗？鸡在叫呢。”“怎么没听见，听见了。”对话如此简单，但他们已经达成了对某人命运的看法。最难以理喻的是，鸡的叫声还经常得到印证，不幸的事屡屡发生。除了鸡，还有牛、马、猫、狐狸、乌鸦，它们的叫声全都寓意丰富。

我问二叔，为什么以前不挖，现在去挖。他说：“前不久镇上有个人来挖，说是挖去做什么摆设。最近挖的人越来越多，我们再不动手就要被挖光了。”

“还有人说是恐龙蛋。不晓得恐龙是什么龙。”

我不由加快了脚步。不管是黄帝的蛋刑天的蛋恐龙的蛋，反正觉着挺珍贵的，它们埋在原处比挖出来更珍贵。

很难说清我在想什么。那个让我叫他大哥的孩子说，每个人脑子里都有一个“想”，都在为这个“想”活着。可我从来不清楚自己到底在“想”什么。脑子里总是乱七八糟，“想”特别多，但没有一项变成信念，它们来无影去无踪。

我在乌江边找到挖石蛋的人。在一面松软的页岩上，有人正挥锄掘进。男人们挑石头回去后，还在这里劳作的都是妇女。很多地方挖偏进去，脚下被掏空，悬空的土石摇摇欲坠。她们分成两批，一些人在里面挖，一些人站在后面，看见顶板松动，发一声喊，里面的人慌忙退出来。等土石掉完后再一拥而上，往深处刨，或者在胯下的页岩里敲打。一旦露出一块石蛋，立即心生欢喜，啊哈一声，敲打的速度更快。把抠出来的石蛋抱在怀里，像抱着一个宝贝，笑嘻嘻地用衣服擦了又擦。看不出来，她们是在为自己的运气陶醉，还是为神奇的石蛋陶醉。

我找到母亲和二娘，叫她们不要挖了。我说太危险了。二娘不以为然：

“这么多人都不怕我也不怕，我不相信偏偏我就那么倒霉！”

和二娘比起来，母亲看上去老多了。她的话正好相反，她说：

“哪个想挖哟，累得骨头都快散架了，站起想坐，坐起想躺，躺起想死。可不挖怎么办呀，大家都在挖，不挖心里发毛，没有一刻能安生。”

怀着满肚子不屑，还有模糊的无奈和恼火，我离开了采石场。

江边停着一只船，即使没有船夫，我自己也能撑过去。

张齐发的儿子说得对，明姜不会跟我走，不是她闻不惯城市的气味，而是没有她可以吃的草。就像我二娘，不去城市的理由是没地方晾衣服。在半边坡，她架一根竹竿或者在树上拴根绳子就可以把衣服晾上去，在城里……她边说边咂咂有声，高楼大厦，光麻麻的，往哪里搁晾衣竿呀。

……算了，还是说实话吧，我其实比谁都明白，这一切非关什么气味，非关什么草和晾衣竿。这一切关涉到爱的奥秘，虽然爱的奥秘不经常露头，甚至连爱这个字都很少被提起，但多半我们又都知道那究竟是怎么回事。

张齐发的儿子还说我脑子里的“想”太复杂，做事凭心灵而非头脑，这将一事无成。可我本来就没想过要成就什么事呀。我只想平安无事地活着。

我趴在船舷上，看见自己的脸在水里晃动，波浪把那张脸拉下去又送上来，而身体呢，似是而非，弯弯曲曲，像一条拿不定主意的鱼。往深处看，发现树在水里摇晃，山也在水里摇晃，云也在摇晃。

后记

有人问我，文学的作用到底是什么。这个问题已经有很多人做了不同回答，有些回答似是一种狡辩，也有一些回答把这个问题说得很透彻。作为写作者，即使没人来问，也应该好好想想这个问题。我的回答是，文学作品可以让人明白，除了眼前的世界，还有一个由欲望、情感、反叛、同情等构成的世界，它既是现实的一部分，也是对现实的否认和检验，可以让人感到温暖和警惕。文学的真，像阳光一样无须感慨，这是它的本质属性。另一个作用，是读者可捡起文学的石头向现实投掷，这是安全的。用现实中的任何东西砸向现实，极可能带来无妄之灾。同时，还可获得生活曾经许诺又落空的东西。作为写作者，任何时候，都不要忘了对一切已有的东西发出弱弱的质疑，即便得不出正确的结论，也应该有属于自己的思考。

小说怎么写，我不知道，我只知道我还没写好。知道没写好，正是一直还在写的最大动力。有人说我写得太多，有人说我写得太少，说我写得太多的人多于说我写得太少的人。何为多何为少，我不知道。我只知道，相信你自己，把你想写的东西写出来，写作时，努力写好。真好假好，不能由作者自己鉴定。作者一思考，读者就发笑。读者永远比作者强大。为弱者发声，弱者不一定理解，与强者为伍，强者不屑。即便如此，在选择鸡蛋与石头时，必须站在正确的一边。作为一枚鸡蛋小心翼翼写作，与其说是坚持与认知，不如说这是文学的属性。

这是一个轻悲的时代，很少有让人一蹶不振的大事落到头上，却总是有防不胜防的烦忧。我高度怀疑这是人们不再热爱文学的原因之一。契诃夫说，凡是人，不分地位、宗教信仰、年龄、性别、教育程度、家庭环境，都可以在写作上一试身手。甚至疯子、舞台艺术爱好者、被褫夺公权的人要写作，也不犯禁。问题是，他们哪有兴趣写作。为什么写，写来干什么。至于我，是卡尔维诺似的自虐："如果我从头开始某件事情，我总是要达到这样一个绝境，有一个新的障碍必须克服，我必须找点超出我能力的事情来做。"

很多年前，是还被称为上个世纪的某一天，乘车从黔西南穿过黔中回黔北，在一条颠簸公路上，汽车摆来摆去，随时有可能熄火。这是一辆被称为反帮皮鞋的罗马尼亚吉普，简称罗马。本单位的人说罗马一词，既不是指一个城市，也不是一个国家，而是一辆吉普车。每个地质队都有几辆这种车，坐两个小时可从头上洗下半盆泥浆。不光是密封性不好，公路远不能和现在相提并论。摇摆了一会，真熄火了，不是路太颠，是被一辆瘫在路上的卡车挡住。路边工地上，一个民工装束的人扶着一根竹竿，竹竿上挂着一只何首乌，人形，三十来公分高，特别像不足月早产的婴儿。据说何首乌能长成这样，没有千年也有八百年。民工说他在工地上干活，这是今天早上从工地上挖出来的，藤子都有这么粗——食指拇指比了个乒乓球那么大的圈。我第一个念头是买下它，拿回去给父亲吃，让他多活几百岁。车上有人小声说，不要相信，假得很，是用模子种出来的。是这样？我正在为没那么多钱而遗憾而内疚。这个见多识广的人说，他在别处也看见过，一模一样，哪里有工地就到哪里卖。

剩下的行程我都在想，能卖掉吗？卖给谁？同时觉得他卖的不是何首乌，而是孩子。那身装束让人同情，希望他能卖个好价钱。虽然感觉他确实像骗子，也忍不住这样想。也知道没有智慧的善良就是愚蠢这句话，受骗后也会生气，再次遇到骗子却总是首先选择相信他不可能是骗子。骗子要么气度非凡，要么可怜巴巴，太难辨认。

继而觉得我就是那个何首乌，我就是挂在竹竿上的孩子。民工的形象越来越模糊，何首乌的形象越来越清晰。这是记忆选择和改造的结果。但并没有写点什么的冲动。

天下武功，唯快不破。文学创作，唯慢为高。

这里的慢特指要素内化过程中的慢，至于已经开始创作，构思已经完成，写作快慢皆可。石黑一雄说，我有一种挥之不去的感觉：想要超越受时代局限的教条主义狂热实在太难了；我还有一种恐惧，生怕时代和历史会证明一个人所支持的是一项错误、可耻，甚至邪恶的事业，尽管他怀有良好的心愿，却为此白白浪费了自己最宝贵的时光和才华。

不能为了一时之快让自己对自己感到厌恶，这是原则问题。

四年后，我离开遵义来到贵阳，离开地质队来到文学杂志社，从业余读者变成专业读者。有天接到老家亲戚电话，要我带他见省长。老家修了一座大电站，他觉得移民搬迁补偿不合理不公平，要找省长讨公道。在这之前他已经找当地有关部门理论了三年。我没法帮他，却又没法告诉他为什么。我的无奈和他的失望不可混为一谈。半年后他再次打电话，要我帮他买几箱茅台酒，他要送移民办的人，要贿赂他们。我告诉他这个方法不可行，他听不进去，自己在街上买了两瓶。是假酒。接下来几年，他处于半癫狂状态。听风就是雨，猜瞎。他从没出过远门，有一天去了武汉，仅仅因为听说长江水电指挥部在武汉。中途下错车，走了一个月才回到家。当时出省手机要办漫游，他哪里懂，电话无法接通，没人知道他在哪里。回来后也说不清自己走过哪些地方。更可悲的是，他的所作所为让人厌恶，连家里人也懒得关心，无缘无故失踪或许对大家都是一种解脱。

轻悲袭上心头，只能用写作来排解。

海明威说，写作时只有知道第二天如何继续时才能休息。这是一种折磨人，却又无可逃避的生活。如果不知道第二天怎么写，当天晚上很难睡好，即使睡着，梦里也在写作。梦里构思的作品似乎非常精彩，醒来知道那是没有逻辑的故事。持续不断地写作不能仅靠天赋，要靠作者对文本丰富性坚韧不拔的追求。即使不能让每章每节都具有特别的意义，至少要让它不至于那么枯燥。有必要不时问自己：你向自己的极限挑战了吗？李敬泽多年前说过，对小说创作而言，有必要在小说中提出不依不饶的问题。就是说不能够轻易把人物、事件放过去，应该有一个非常有力的态度，形成一条自己的路，哪怕是一条绝路。这是小说创作最朴素的真理。

关于写作的忠告非常多，适合自己的也就那几条。有些话看上去幽默又准确，实际作用却只有这句话本身。拉上窗帘打开台灯，不去看字数，也不去想这部作品有多少人愿意看，想想你也许是在创造一部杰作，你就不会焦虑。写到最后一句，发现这不是什么杰作，你并不感到沮丧，而是松了口气。去为下一部做准备吧，下一部也许是真正的杰作。

写作时希望听到有用的故事，希望从某本书里得到启发，这十有八九会落空，远不如充分调动已有的生活更靠谱。但阅读的重要性像每天饮食一样重要，每天的写作时间只占三分之一，其余时间即便不读也不能写，哪怕去散步，去逛街，效果都比整天写作要好得多。毕飞宇说，阅读的才华就是写作的才华。我不是为了印证这句话才阅读，我是不阅读就感到恐慌才阅读。一饮一啄，莫非前定。没有阅读，写作源泉将很快枯竭。知识性阅读永远比欣赏性阅读重要，知识性阅读，越读越有兴趣，后者则有可能因为书籍不够精彩而无聊。换言之，文学作品里的知识性必须准确，有根有据，道听途说可以参与到情节中来，但不能误导读者以假当真。如果说一个人一生能写到哪个份上是命中注定，那么这和他命中注定读了多少一定有关。有些书你永远遇不到，遇到了也有可能错过。而遇到的那些，又不全是你的资粮。正是因为有差异化，才有求不得苦。

说起来，已经写了十几本书，虽然没有一部成功，最怕有人问哪本是你写的，全国各地的书架上，打起灯笼都找不到，它们早已被更好更有意义的书籍淹没，最终的命运是窒息而亡重新变成纸浆。不过需要特别指出，书里写了那么多人，他们各有姓名和性格，我不是他们中的一员，而是他们的全部，是他们中的所有人，他们的缺点就是我的缺点，他们的不堪就是我的不堪，他们的孤独就是我的孤独。

图书在版编目（CIP）数据

乌人传 / 冉正万著．-- 北京：作家出版社，2023.8
ISBN 978-7-5212-2355-2

Ⅰ．①乌…　Ⅱ．①冉…　Ⅲ．①幻想小说-中国-当代
Ⅳ．①I247.5

中国国家版本馆 CIP 数据核字（2023）第 108667 号

乌人传

作　　者：冉正万
插　　图：胡世鹏
责任编辑：姬小琴
装帧设计：棱角视觉
出版发行：作家出版社有限公司
社　　址：北京农展馆南里 10 号　　　**邮　　编：**100125
电话传真：86-10-65067186（发行中心及邮购部）
86-10-65004079（总编室）
E-mail: zuojia@zuojia. net. cn
http: // www. zuojiachubanshe.com
印　　刷：北京盛通印刷股份有限公司
成品尺寸：146×210
字　　数：143 千
印　　张：7.125
版　　次：2023 年 8 月第 1 版
印　　次：2023 年 8 月第 1 次印刷
ISBN　978-7-5212-2355-2
定　　价：42.00 元
